सआदत हसन मंटो

सआदत हसन मंटो का जन्म 11 मई, 1912 को समराला, पंजाब में हुआ था। 1931 में मैट्रिक करने के बाद आगे की पढ़ाई अलीगढ़ मुस्लिम विश्वविद्यालय से की। मंटो फ़िल्म और रेडियो पटकथा लेखक और पत्रकार भी थे। मंटो की कहानियों की पिछली सदी से अब तक जितनी चर्चा हुई है, उतनी उर्दू और हिन्दी के क्या, दुनिया की किसी भी भाषा के कथाकार की शायद ही हुई हो। यही कारण है कि चेख़व के बाद मंटो ही थे, जिन्होंने अपनी कहानियों के दम पर अपनी विशिष्ट पहचान बनाने में सफलता हासिल की।

उनकी प्रसिद्ध कहानियों में 'ठंडा गोश्त', 'टोबा टेक सिंह', 'काली सलवार', 'मोज़ेल', 'दस रुपये' आदि शामिल हैं। उनके कुछ कहानी-संग्रहों के अलावा एक उपन्यास, रेडियो नाटकों के पाँच संग्रह, निबन्धों के तीन संग्रह, और व्यक्तिगत स्केच के दो संग्रह प्रकाशित हैं।

कहानियों में अश्लीलता के आरोप की वजह से मंटो को छह बार अदालत जाना पड़ा था, जिसमें से तीन बार पाकिस्तान बनने से पहले और तीन बार पाकिस्तान बनने के बाद, लेकिन एक भी बार मामला साबित नहीं हो पाया। मंटो की कई कहानियों का अनुवाद दुनिया की विभिन्न भाषाओं में किया जा चुका है। मंटो की सम्पूर्ण रचनाओं का संग्रह 'सआदत हसन मंटो : दस्तावेज़' नाम से पाँच खंडों में प्रकाशित है।

निधन : 18 जनवरी, 1955

मीनाबाज़ार

सआदत हसन मंटो

राजकमल पेपरबैक्स

पहला पुस्तकालय संस्करण
राजकमल प्रकाशन प्राइवेट लिमिटेड द्वारा
1962 में प्रकाशित

राजकमल पेपरबैक्स में
पहला संस्करण : 1984
दसवाँ संस्करण : 2023

राजकमल पेपरबैक्स : उत्कृष्ट साहित्य के जनसुलभ संस्करण

राजकमल प्रकाशन प्रा. लि.
1-बी, नेताजी सुभाष मार्ग, दरियागंज
नई दिल्ली-110 002
द्वारा प्रकाशित

शाखाएँ : अशोक राजपथ, साइंस कॉलेज के सामने, पटना-800 006
पहली मंजिल, दरबारी बिल्डिंग, महात्मा गांधी मार्ग, प्रयागराज-211 001
वेबसाइट : www.rajkamalprakashan.com
ई-मेल : info@rajkamalprakashan.com

बी.के. ऑफसेट
नवीन शाहदरा, दिल्ली-110 032
द्वारा मुद्रित

मूल्य : ₹ 199

MEENA BAZAR
Memories by Saadat Hasan Manto

ISBN : 978-81-267-0319-7

क्रम

मीनाबाज़ार

नर्गिस

मैं फ़िल्मिस्तान में कर्मचारी था। सुबह जाता, तो रात को आठ बजे के क़रीब लौटता। एक दिन संयोगवश वापसी जल्दी हुई, अर्थात मैं दोपहर के ही क़रीब घर पहुँच गया। भीतर प्रवेश किया, तो सारा वातावरण संगीतपूर्ण प्रतीत हुआ, जैसे कोई साज के तार छेड़कर स्वयं छिप गया हो। ड्रेसिंग टेबुल के पास मेरी दो सालियाँ वैसे तो अपने बाल गूँथ रही थीं, मगर उनकी उँगलियाँ हवा में चल रही थीं। होंठ दोनों के फड़फड़ा रहे थे, मगर आवाज़ नहीं निकलती थी। दोनों मिल-जुलकर घबराहट की ऐसी तसवीर पेश कर रही थीं, जो अपनी घबराहट छिपाने की ख़ातिर बेमतलब दुपट्टा ओढ़ने की कोशिश कर रही हों। पासवाले कमरे के दरवाज़े का परदा अन्दर से दबा हुआ था।

मैं सोफ़े पर बैठ गया। दोनों बहनों ने एक-दूसरे की तरफ़ कसूरवार निगाहों से देखा। हौले-हौले से खुसर-फुसर की। फिर दोनों ने एक साथ कहा, "भाजी, सलाम!"

"वालेकुम सलाम!" मैंने ध्यान से उनकी ओर देखा, "क्या बात है?"

मैंने सोचा कि सब मिलकर सिनेमा जा रही हैं। दोनों ने मेरा सवाल सुनकर फिर खुसर-फुसर की। फिर एकदम खिलखिलाकर हँसीं और दूसरे कमरे में भाग गईं।

मैंने सोचा कि शायद उन्होंने अपनी किसी सहेली को आमंत्रित किया है, वह आनेवाली है और चूँकि मैं अचानक चला आया हूँ, इसलिए इनका प्रोग्राम गड़बड़ हो गया है।

दूसरे कमरे में कुछ देर तक तीनों बहनों में कानाफूसी होती रही। उनकी दबी-दबी हँसी की आवाज़ें भी आती रहीं। इसके बाद में सबसे बड़ी बहन, यानी मेरी श्रीमती, मुझे सुनाने के लिए कहती हुई बाहर निकली, "मुझे क्या कहती हो, कहना है, तो ख़ुद उनसे कहो।...सआदत साहब, आज आप बहुत जल्दी आ गए?"

मैंने कारण बता दिया कि स्टूडियो में कोई काम नहीं था, इसलिए चला आया। फिर अपनी बीवी से पूछा, "क्या कहना चाहती हैं मेरी सालियाँ?"

"ये कहना चाहती हैं कि नर्गिस आ रही है।"

"तो क्या हुआ, आए! वह क्या पहले कभी नहीं आई?"

मैं समझा कि वे उस पारसी लड़की की बात कर रही हैं, जिसकी माँ ने एक मुसलमान से शादी कर ली थी और हमारे पड़ोस में रहती थी। मगर मेरी बीवी ने कहा, "हाय, वह पहले कब हमारे यहाँ आई है!"

"तो क्या यह कोई और नर्गिस है?"

"मैं नर्गिस ऐक्ट्रेस की बात कर रही हूँ।"

मैंने आश्चर्य से पूछा, "वह क्या करने आ रही है यहाँ?"

मेरी बीवी ने मुझे सारा क़िस्सा सुनाया। घर में टेलीफ़ोन था, जिसका तीनों बहनें अवकाश के क्षणों में बड़ी उदारता से प्रयोग करती थीं। जब अपनी सहेलियों से बातें करते-करते थक जातीं, तो किसी अभिनेत्री का नम्बर घुमा देतीं। वह मिल जाती, तो उससे ऊट-पटाँग बातें शुरू हो जातीं—हम आपसे प्रभावित हैं...आज ही दिल्ली से आई हैं...बड़ी मुश्किल से आपका नम्बर हासिल किया है...भेंट करने के लिए तड़प रही हैं। ज़रूर हाज़िर होतीं, मगर परदे की पाबन्दी है...आप बहुत हसीन हैं...गला बड़ा ही सुरीला है...(हालाँकि उन्हें मालूम नहीं होता था कि इसमें अमीरबाई बोलती है या शमशाद।)

आमतौर पर फ़िल्म ऐक्ट्रेसों के नम्बर डायरेक्टरी में दर्ज नहीं होते। वे ख़ुद दर्ज नहीं करातीं, ताकि उनके चाहनेवाले बेकार तंग न करें। मगर इन

तीनों बहनों ने मेरे दोस्त आगा खलिश काश्मीरी के ज़रिए क़रीब-क़रीब उन तमाम ऐक्ट्रेसों के पते और फ़ोन नम्बर प्राप्त कर लिए थे, जो उन्हें डायरेक्टरी में नहीं मिले थे।

इस टेलीफ़ोनी ख़ुराफ़ात के दौरान जब उन्होंने नर्गिस को बुलाया और उससे बातचीत की, तो वह बहुत पसन्द आ गई। इस वार्तालाप में उनको अपनी उम्र की आवाज़ सुनाई दी, अतः कुछ भेंटों और कुछ वार्तालापों ही में वे उससे खुल गईं। मगर अपनी असलियत छिपाये रखी। एक कहती, मैं अफ़रीका की रहनेवाली हूँ। वहीं दूसरी बार यह बताती कि लखनऊ से अपनी खाला के पास आई है। दूसरी यह प्रकट करती कि वह रावलपिंडी की रहनेवाली है और सिर्फ़ इसलिए बम्बई आई है कि उसे नर्गिस को एक बार देखना है। तीसरी, यानी मेरी बीवी कभी गुजरातिन बन जाती, कभी पारसन!

टेलीफ़ोन पर कई बार नर्गिस ने झुंझलाकर पूछा कि तुम लोग असल में कौन हो? क्यों अपना नाम-पता छिपाती हो? साफ़-साफ़ क्यों नहीं बतातीं कि यह रोज़-रोज़ की टन-टन ख़त्म हो?

साफ़ है कि नर्गिस इनसे प्रभावित थी। उसे निःसन्देह अपने सैकड़ों चाहनेवालों के फ़ोन आते होंगे, मगर ये तीन लड़कियाँ उनसे कुछ भिन्न थीं। इसलिए वह सख़्त बेचैन थी कि उनकी असलियत जाने और उनसे मिले-जुले, सम्पर्क स्थापित करे। अतः जब भी उसे मालूम होता कि इन रहस्यमय लड़कियों ने उसे बुलाया है, तो वह सौ काम छोड़कर आती और बहुत देर तक टेलीफ़ोन के साथ चिपकी रहती।

एक दिन नर्गिस के अनवरत आग्रह पर यह निश्चित हो गया कि उनकी भेंट होके रहेगी। मेरी श्रीमती ने अपने घर का पता अच्छी तरह समझा दिया और कहा कि यदि फिर भी मकान मिलने में कठिनाई हो, तो बाईकुला के पुल के पास किसी होटल से टेलीफ़ोन कर दिया जाए। वे सब वहाँ पहुँच जाएँगी।

जब मैंने घर में प्रवेश किया, बाईकुला पुल के एक स्टोर से नर्गिस ने फ़ोन किया था कि वह पहुँच चुकी है, मगर मकान नहीं मिल रहा। अतः तीनों भागम-भाग की हालत में तैयार हो रही थीं कि मैं एक अभिशाप के रूप में पहुँच गया!

छोटी दो का ख़याल था कि मैं नाराज़ होऊँगा। बड़ी, यानी मेरी बीवी केवल बौखलाई हुई थी कि यह-सब क्या हुआ है? मैंने नाराज़ होने की कोशिश की, मगर मुझे इसके लिए कोई यथेष्ट और उचित कारण न मिला। सारा क़िस्सा काफ़ी दिलचस्प और बेहद मासूम था। यदि 'कानमिचौनी' की यह हरकत केवल मेरी श्रीमती द्वारा की गई होती, तो बिलकुल जुदा बात थी। पूरा घर ही उनका था। एक साली आधी घरवाली होती है और यहाँ दो सालियाँ थीं। मैं जब उठा, तो दूसरे कमरे में ख़ुश होने और तालियाँ बजाने की आवाज़ें बुलन्द हुईं।

बाईकुला के चौक में जद्दनबाई की लम्बी-चौड़ी मोटर खड़ी थी। मैंने सलाम किया, तो उन्होंने हस्ब-मामूल बड़ी ऊँची आवाज़ में उसका उत्तर दिया और पूछा, "कहो, मंटो कैसे हो?"

मैंने कहा, "अल्लाह का शुक्र है! कहिए, आप यहाँ क्या कर रही हैं?"

जद्दनबाई ने पिछली सीट पर बैठी हुई नर्गिस की ओर देखा, "कुछ नहीं, बेबी को अपनी सहेलियों से मिलना था, मगर उनका मकान नहीं मिल रहा।"

मैंने मुस्कराकर कहा, "चलिए, मैं आपको ले चलूँ।"

नर्गिस यह सुनकर खिड़की के पास आ गई, "आपको उनका मकान मालूम है?"

मैंने और अधिक मुस्कराकर कहा, "अपना मकान कौन भूल सकता है?"

जद्दनबाई के गले ने विचित्र-सी आवाज़ निकाली। पान के बीड़े को दूसरे कल्ले में बदलते हुए कहा, "यह तुम क्या कहानीकारी कर रहे हो?"

मैं दरवाज़ा खोलकर जद्दनबाई के पास गया, "बीबी! यह अफ़सानानिगारी मेरी नहीं है, मेरी बीवी और उसकी बहनों की है!" इसके बाद मैंने संक्षेप में सारी घटनाओं का उल्लेख कर दिया। नर्गिस बड़ी दिलचस्पी से सुनती रही। जद्दनबाई को बड़ी कोफ़्त, बड़ी परेशानी हुई।

"ये कैसी लड़कियाँ हैं! पहले ही दिन कह दिया होता कि हम मंटो के घर से बोल रही हैं—ख़ुदा की क़सम! मैं फ़ौरन बेबी को भेज देती। भई, हद्द

हो गई है, इतने दिन परेशान किया!—ख़ुदा की क़सम, बेचारी बेबी को इतनी उलझन होती थी कि मैं तुमसे क्या कहूँ! जब टेलीफ़ोन आता, तो भागी-भागी जाती। मैं बार-बार पूछती, यह कौन है, जिससे इतनी देर मीठी-मीठी बातें होती हैं? मुझसे कहती, जानती नहीं कौन हैं; मगर हैं बड़ी अच्छी। दो-एक बार मैंने भी टेलीफ़ोन उठाया। बातचीत बड़ी सुन्दर थी। किसी अच्छे घर की मालूम होती थीं। मगर, माफ़ करना, कमबख़्त अपना नाम-पता साफ़ बताती ही नहीं थीं। आज बेबी आई और ख़ुशी से दीवानी हो रही थी। कहने लगी, बीबी! उन्होंने बुलाया है! अपना एड्रेस दे दिया है। मैंने कहा, पागल हुई हो। हटो, जाने कौन हैं, कौन नहीं हैं! पर इसने मेरी एक न मानी। बस, पीछे पड़ गई। इसलिए मुझे साथ आना ही पड़ा। ख़ुदा की क़सम! अगर यह मालूम होता कि ये आफ़तें तुम्हारे घर की हैं..."

मैंने बात काटकर कहा, "तो साथ में आप नाजिल न होतीं!"

जद्दनबाई के कल्ले में दबे हुए पान में चौड़ी मुस्कराहट पैदा हुई, "इसकी ज़रूरत ही क्या थी, मैं क्या तुम्हें जानती नहीं?"

स्वर्गीय जद्दनबाई को उर्दू साहित्य से बड़ा प्रेम था, मेरे लेख, कहानियाँ आदि बड़े चाव से पढ़ती और पसन्द करती थीं। उन दिनों मेरा एक लेख 'साकी' में प्रकाशित हुआ था, सम्भवत:—'प्रगतिशील कब्रिस्तान'। मालूम नहीं उनका मन क्यों इस ओर चला गया। बोलीं, "ख़ुदा की क़सम, मंटो! बहुत सुन्दर लिखते हो! जालिम, क्या व्यंग्य किया है इस लेख में!...क्यों, बेबी, उस दिन क्या हाल हुआ था मेरा यह लेख पढ़कर?"

मगर नर्गिस अपनी नई सहेलियों के बारे में सोच रही थी। व्याकुलतापूर्ण स्वर में उसने अपनी माँ से कहा, "चलो, बीबी!"

जद्दनबाई ने मुझसे कहा, "चलो, भाई!"

घर पास ही था, मोटर स्टार्ट हुई और हम पहुँच गए। ऊपर बालकनी से तीनों ने हमें देखा। छोटी दोनों का ख़ुशी के मारे बुरा हाल हो रहा था। ख़ुदा जाने, आपस में क्या खुसर-फुसर कर रही थीं! जब हम ऊपर पहुँचे, तो विचित्र रीति से सबकी भेंट हुई। नर्गिस अपनी हम-उम्र लड़कियों के साथ दूसरे कमरे में चली गई और मैं, मेरी बीवी और जद्दनबाई वहीं बैठ गए।

बहुत देर तक विभिन्न दृष्टिकोणों से 'कानमिचौनी' के सिलसिले की समालोचना की गई। मेरी बीवी की बौखलाहट जब किसी क़दर कम हुई, तो उसने आतिथ्य-सत्कार का कर्तव्य निभाना आरम्भ कर दिया।

मैं और जद्दनबाई फ़िल्म उद्योग की समस्याओं पर विचार-विमर्श करते रहे। पान खाने के मामले में वह बड़ी ख़ुशजौक थीं। हर समय अपनी पानदानी साथ रखती थीं। बड़ी देर के बाद मौक़ा मिला था। इसलिए मैंने उस पर ख़ूब हाथ साफ़ किया।

नर्गिस को मैंने काफ़ी दिनों के बाद देखा था। दस-ग्यारह बरस की बच्ची थी, जब मैंने एक-दो फ़िल्मों की नुमाइश में उसे अपनी माँ की उँगली के साथ लिपटी देखा था। चुँधियाई हुई आँखें, आकर्षणहीन-सा लम्बा चेहरा, सूखी-सूखी टाँगें, ऐसा मालूम होता था कि सोकर उठी है या सोनेवाली है। मगर अब वह एक जवान लड़की थी। उम्र ने उसके ख़ाली स्थान भर दिये थे, मगर आँखें वैसी-की-वैसी थीं—छोटी और स्वप्नमयी, बीमार-बीमार—मैंने सोचा, इस ख़याल से उसका नाम नर्गिस उपयुक्त और सही है!

तबीयत में बेहद ही मासूम खलंडरापन था। बार-बार अपनी नाक पोंछती थी, जैसे निरन्तर जुकाम से पीड़ित हो। ('बरसात' फ़िल्म में यह बात इसकी अदा के तौर पर पेश की गई है!) किन्तु नर्गिस के उदास-उदास चेहरे से यह स्पष्ट था कि वह अपने अन्दर कलाकारी का जौहर रखती है। होंठों को किसी कदर भींचकर बात करने और मुस्कराने में वैसे एक बनावट थी, मगर साफ़ पता चलता था कि यह बनावट श्रृंगार का रूप धारण करके रहेगी। आख़िर कलाकारी की बुनियादें बनावट ही पर तो निर्मित होती हैं!

एक बात जो विशेष रूप से मैंने महसूस की, वह यह है कि नर्गिस को इस बात का एहसास था कि वह एक दिन बहुत बड़ी स्टार बननेवाली है, स्टार बनकर फ़िल्मी दुनिया पर चमकनेवाली है। मगर यह दिन निकट लाने और उसे देखकर प्रसन्न होने की उसे कोई जल्दी नहीं थी। इसके अतिरिक्त अपने बचपन की नन्ही-मुन्नी ख़ुशियाँ घसीटकर वह बड़ी-बड़ी, विहंगम ख़ुशियों के दायरे में नहीं ले जाना चाहती थी।

तीनों हम-उम्र लड़कियाँ दूसरे कमरे में जो बातें कर रही थीं, उनका दायरा घर की चारदीवारी तक महदूद था। फ़िल्म-स्टूडियो में क्या होता है, रोमांस क्या बला है, इससे उन्हें कोई दिलचस्पी नहीं थी। नर्गिस भूल गई थी कि वह फ़िल्म-स्टार है, परदे पर जिसकी अदाएँ बिकती हैं। और उसकी सहेलियाँ भी यह भूल गई थीं कि नर्गिस स्क्रीन पर बुरी हरकतें करनेवाली अभिनेत्री है।

मेरी बीवी, जो उम्र में नर्गिस से बड़ी थी, अब उसके आगमन पर बिलकुल बदल गई थी। उसका व्यवहार उससे ऐसा ही था, जैसा अपनी छोटी बहनों से था। पहले उसको नर्गिस से इसलिए दिलचस्पी थी कि वह फ़िल्म ऐक्ट्रेस है, परदे पर बड़ी कुशलता से नित्य नये-नये मर्दों से प्रेम करती है, हँसती है, ठंडी आहें भरती है, क़हक़हे लगाती है। अब उसे ख़याल था कि वह खट्टी चीज़ें न खाये, ज़्यादा ठंडा पानी न पिए, अधिक फ़िल्मों में काम न करे, अपने स्वास्थ्य का ध्यान रखे। अब उसकी दृष्टि में नर्गिस का फ़िल्मों में काम करना कोई लज्जास्पद बात न थी।

इधर-उधर की बातों के बाद नर्गिस से माँग की गई कि वह गाना सुनाए। इस पर जद्दनबाई ने कहा, "मैंने इसको संगीत की शिक्षा नहीं दी। मोहनबाबू इसके ख़िलाफ़ थे और सच पूछिए, तो मुझे भी पसन्द नहीं था। थोड़ी-बहुत टूँ-टाँ कर लेती है।" इसके बाद वह अपनी बेटी से मुखातिब हुईं, "सुना दो, बेबी! जैसा भी आता है, सुना दो।"

नर्गिस ने बड़ी ही अबोध रीति से गाना आरम्भ कर दिया—परले दरजे की कनसुरी आवाज़ में रस, न लोच। मेरी छोटी साली उससे कई गुना अच्छा गाती थी। मगर माँग की गई थी नर्गिस से और वह भी आग्रहपूर्वक, इसलिए दो-तीन मिनट तक उसका गाना सहन करना ही पड़ा। जब उसने समाप्त किया, तो सबने प्रशंसा की। थोड़ी देर के बाद जद्दनबाई ने छुट्टी चाही। लड़कियाँ नर्गिस से गले मिलीं। दुबारा मिलने के वायदे हुए। कुछ खुसर-फुसर भी हुई और हमारे अतिथि चले गए।

नर्गिस से यह मेरी पहली मुलाक़ात थी। लड़कियाँ टेलीफ़ोन करती थीं और नर्गिस अकेली मोटर में चली आती। इस आवागमन में उसके अभिनेत्री होने का कॉम्प्लेक्स लगभग मिट गया। वह लड़कियों से और लड़कियाँ

उससे यूँ मिलतीं, जैसे वह उनकी बहुत पुरानी सहेली है, या कोई रिश्तेदार है। लेकिन जब वह चली जाती, तो कभी-कभी तीनों बहनें आश्चर्य प्रकट करतीं—ख़ुदा की क़सम! अजीब बात है कि नर्गिस बिलकुल ऐक्ट्रेस मालूम नहीं होती!

इस दौरान तीनों बहनों ने उसकी एक ताजा फ़िल्म देखी, जिसमें प्रकट है कि वह अपने हीरो की प्रेमिका थी, जिससे वह प्यार और मुहब्बत की बातें करती थी और उसे विचित्र निगाहों से देखती थी, उसके साथ लगकर खड़ी होती थी, उसका हाथ दबाती थी। मेरी बीवी कहती, "कमबख्त उसके फिराक में कैसी लम्बी-लम्बी आहें भर रही थी, जैसे सचमुच उसके इश्क में गिरफ्तार है!" और उसकी दो छोटी बहनें अपने कुँवारे, ऐक्टिंग से अनभिज्ञ दिलों में सोचतीं, 'और वह कल हमसे पूछ रही थी कि गुड़ की भेली कैसे बनती है!'

नर्गिस की कलाकारी के बारे में मेरा विचार बिलकुल दूसरा था। निश्चित रूप से भावनाओं एवं अनुभूतियों का अभिनय वह सही तौर पर नहीं करती थी। मुहब्बत की नब्ज़ किस तरह चलती है, यह अनाड़ी उँगलियाँ कैसे अनुभव कर सकती हैं? इश्क़ की दौड़ में थककर हाँफना और स्कूल की दौड़ में थककर साँस का फूल जाना, दो अलग चीज़ें हैं। मेरा विचार है कि स्वयं नर्गिस भी इसके अन्तर और भेद से परिचित नहीं थी। नर्गिस की शुरू-शुरू की फ़िल्मों में जानकार निगाहें फ़ौरन मालूम कर सकती हैं कि उसकी कलाकारी 'फ़रेबकारी' से मुक्त थी।

कलाकारी का यह कमाल है कि कलाकारी में बनावट की मिलावट मालूम न हो। लेकिन नर्गिस की कलाकारी की बुनियादें चूँकि अनुभव पर आधारित नहीं थीं, अत: उसमें यह विशेषता नहीं थी। यह केवल उसकी लगन थी कि वह भावनाओं और अनुभूतियों का सफल अभिनय न कर सकने के बावजूद अपना काम निभा जाती थी। उम्र और अनुभव के साथ-साथ अब वह बहुत पुख़्तगी अख़्तियार कर चुकी है। अब उसको इश्क़ की दौड़ और स्कूल की एक मील की दौड़ में थककर हाँफने का रहस्य और भेद मालूम है। अब तो उसको साँस के हल्के-से-हल्के उतार-चढ़ाव की मनोवैज्ञानिक पृष्ठभूमि भी ज्ञात है।

यह बहुत अच्छा हुआ कि उसने कलाकारी की मंज़िलें धीरे-धीरे तय कीं। अगर वह एक ही छलाँग में आख़िरी मंज़िल पर पहुँच जाती, तो फ़िल्म देखनेवाले समझदार लोगों और दर्शकों के जज़्बात को बहुत ही गँवार क़िस्म का दुख पहुँचता। और यदि लड़कपन की अवस्था में परदे से अलग, व्यक्तिगत जीवन में भी वह अभिनेत्री बनी रहती और अपनी आयु को मक्कार और चालाक बजाजों के गज से नापकर दिखाती, तो मैं इस आघात की ताब न लाकर निस्सन्देह मर गया होता!

नर्गिस ने ऐसे घराने में जन्म लिया था कि उसको येन-केन-प्रकारेण अभिनेत्री बनना ही था। जद्दनबाई के गले में बुढ़ापे का घुँघरू बोल रहा था। उनके दो पुत्र थे, किन्तु उनका सारा ध्यान और सारा प्रेम नर्गिस पर ही केन्द्रित था। उसकी शक्ल व सूरत साधारण थी। गले में सुर की उत्पत्ति की भी कोई सम्भावना न थी, परन्तु जद्दनबाई जानती थीं कि सुर उत्पन्न किया जा सकता है और साधारण शक्ल व सूरत में भी आन्तरिक प्रकाश से, जिसे जौहर कहते हैं, आकर्षण और दिलकशी पैदा की जा सकती है। यही वजह है कि उन्होंने जान मारकर उसकी परवरिश की और काँच के अत्यन्त कोमल और छोटे-छोटे कण जोड़कर अपने सुनहरे स्वप्न को साकार किया।

जद्दनबाई थीं। उनकी माँ थीं। उनका मोहनबाबू था। बेबी नर्गिस थी। उसके दो भाई थे। इतना बड़ा कुनबा था, जिसका बोझ सिर्फ़ जद्दनबाई के कन्धों पर था। मोहनबाबू एक बड़े रईसजादे थे। जद्दनबाई के गले के स्वरों और कोकिल-कंठ के जादू में ऐसे उलझे कि दीन-दुनिया का होश न रहा। ख़ूबसूरत थे। शिक्षित थे। स्वस्थ थे। लेकिन ये सब दौलतें जद्दनबाई के दर पर भिखारी बन गईं। जद्दनबाई का उस ज़माने में डंका बजता था। बड़े-बड़े ख़ानदानी नवाब और राजे उनके मुजरों पर सोने और चाँदी की बारिश करते थे। मगर जब बारिशें थम जातीं और आकाश निखर जाता, तो जद्दनबाई अपने मोहन को सीने से लगा लेतीं कि उसी मोहन के पास उनका दिल था!

मोहनबाबू अपने अन्तिम समय तक जद्दनबाई के साथ थे। वह उनका बड़ा सम्मान और आदर करती थीं, इसलिए कि वह राजाओं और नवाबों की दौलत में ग़रीबों के ख़ून की बू सूँघ चुकी थीं। उनको अच्छी तरह मालूम था कि उनके इश्क़ की धारा एक ही दिशा को नहीं बहती। वह मोहनबाबू से प्रेम करती थीं, कि वह उनके बच्चों का बाप था।

विचारों के बहाव में जाने किधर बह गया...नर्गिस को, बहरहाल, ऐक्ट्रेस बनना था, चुनांचे वह बन गई। उसके उन्नति के शिखर पर पहुँचने का रहस्य—जहाँ तक मैं समझता हूँ—उसकी ईमानदारी है, उसका साहस है, जो क़दम-ब-क़दम, मंज़िल-ब-मंज़िल उसके साथ रहा है।

एक बात जो इन भेंटों में विशेष रूप से मैंने महसूस की, वह यह है कि नर्गिस को इस बात का एहसास था कि जिन लड़कियों से वह मिलती है, वे किसी अन्य प्रकार के पानी और फूल, माटी और वायु से बनी हैं। वह उनके पास आती थी और घंटों उनसे मासूम ढंग की बातें करती थी। उसको शायद यह भय था कि वे उसका निमंत्रण ठुकरा देंगी। वे कहेंगी कि वे उसके यहाँ कैसे जा सकती हैं? मैं एक दिन घर पर मौजूद था कि उसने सरसरी तौर पर अपनी सहेलियों से कहा, "अब कभी तुम भी हमारे घर आओ।"

यह सुनकर तीनों बहनों ने बड़े ही भोंडेपन से एक-दूसरे की ओर देखा। वे शायद यह सोच रही थीं कि हम नर्गिस की यह दावत कैसे स्वीकार कर सकती हैं? परन्तु मेरी बीवी चूँकि मेरे विचारों से परिचित थी, इसलिए एक दिन नर्गिस के लगातार आग्रह पर उसका निमंत्रण स्वीकार कर लिया गया और मुझे बताए बिना तीनों उसके घर चली गईं।

नर्गिस ने अपनी कार भेज दी थी। जब वे बम्बई के ख़ूबसूरत स्थान मेरीन ड्राइव के उस फ़्लैट में पहुँचीं, जहाँ नर्गिस रहती थी, तो उन्होंने अनुभव किया कि उनके आगमन पर विशेष प्रबन्ध किया गया है।

मोहनबाबू और उनके दो नौजवान लड़कों को आगाह कर दिया गया था कि वे घर में प्रवेश न करें, क्योंकि नर्गिस की सहेलियाँ आ रही हैं। पुरुष

नौकरों को भी उस कमरे में आने की अनुमति नहीं थी, जहाँ इन 'सम्मानित' मेहमानों को ठहराया गया था। स्वयं जद्दनबाई थोड़ी देर के लिए औपचारिक तौर पर उनके पास बैठीं और फिर अन्दर चली गईं। वह उनकी अबोध गुफ़्तगू में हायल नहीं होना चाहती थीं।

तीनों बहनों का कहना है कि नर्गिस उनके आगमन पर फूली न समाती थी। वह इतनी ज़्यादा ख़ुश थी कि बार-बार घबरा-सी जाती थी। अपनी सहेलियों के सत्कार में उसने बड़े जोश और उत्साह का प्रदर्शन किया। पास ही पीरजैन डेरी थी, जिसके मिल्क शेक मशहूर थे। गाड़ी में जाकर नर्गिस स्वयं यह सामान जग में तैयार कराके लाई, क्योंकि वह यह काम नौकर के सुपुर्द नहीं करना चाहती थी, इसलिए कि इस बहाने से नौकर के भीतर आने की सम्भावना को बल मिलता था।

आतिथ्य-सत्कार के इस जोश व खरोश में नर्गिस ने अपने नये सेट का गिलास तोड़ दिया। मेहमानों ने अफ़सोस जाहिर किया, तो नर्गिस ने कहा, "कोई बात नहीं, बीबी ग़ुस्सा होंगी, मगर डैडी उनको चुप करा देंगे और मामला ठीक हो जाएगा।"

मोहनबाबू को उससे और उसको मोहनबाबू से मुहब्बत थी।

मिल्क शेक पिलाने के बाद नर्गिस ने मेहमानों को अपना एलबम दिखाया, जिसमें उसकी विभिन्न फ़िल्मों के 'स्टिल' थे। उस नर्गिस में, जो उनको ये फ़ोटो दिखा रही थी और उस नर्गिस में, जो इन तसवीरों में मौजूद थी, कितना अन्तर था! तीनों बहनें कभी उसकी ओर देखतीं और कभी एलबम के पृष्ठों की ओर और अपने विस्मय को इस प्रकार प्रकट करतीं, "नर्गिस, तुम यह नर्गिस कैसे बन जाती हो?"

नर्गिस जवाब में केवल मुस्करा देती।

मेरी बीवी ने मुझे बताया कि घर में नर्गिस की हर हरकत, हर अदा में अल्हड़पन था। उसमें वह शोखी, वह तर्रारी, वह तीखापन नहीं था, जो परदे पर उसमें दिखाई देता है। वह बड़ी ही घरेलू क़िस्म की लड़की थी। मैंने ख़ुद यही महसूस किया था। लेकिन जाने क्यों, उसकी छोटी-छोटी आँखों में मुझे एक विचित्र प्रकार की उदासी तैरती नज़र आती थी, जैसे

कोई लावारिस लाश तालाब के ठहरे पानी पर हवा के हल्के-हल्के झोंकों से बहती रहती है!

यह निश्चय था कि ख्याति की जिस मंज़िल पर नर्गिस को पहुँचना था, वह कुछ अधिक दूर नहीं थी। भाग्य अपना निर्णय उसके पक्ष में करके सारे सम्बन्धित काग़ज़ात उसके हवाले कर चुका था। लेकिन फिर वह क्यों चिन्तित और सन्तप्त थी? क्या अज्ञान के तौर पर वह यह महसूस तो नहीं कर रही थी कि इश्क़ और मुहब्बत का यह कृत्रिम खेल खेलते-खेलते एक दिन वह किसी ऐसे जलशून्य, निर्जन रेगिस्तान में निकल जाएगी, जहाँ रेत-ही-रेत, धूल-ही-धूल होगी—प्यास से उसका कंठ सूख रहा होगा और क्षितिज पर छोटी-छोटी बदलियों के स्तनों में केवल इसलिए दूध नहीं उतरंगा कि वे ख़याल करेंगी कि नर्गिस की प्यास केवल बनावट है। धरती की कोख में पानी की बूँदें और अधिक अन्दर को सिमट जाएँगी—इस विचार से कि उसकी प्यास महज एक दिखावा है और यह भी हो सकता है कि स्वयं नर्गिस भी यह महसूस करने लगे कि मेरी प्यास कहीं झूठी तो नहीं?

इतने बरस बीत जाने पर, मैं अब उसे स्क्रीन पर देखता हूँ, तो मुझे उसकी उदासी कुछ अजीब-सी लगती है। पहले उसमें एक निश्चित खोज थी, लेकिन अब खोज भी उदास और कुंठित हो गई है। क्यों? इसका उत्तर स्वयं नर्गिस ही दे सकती है।

तीनों बहनें चूँकि चोरी-चोरी नर्गिस के यहाँ गई थीं, इसलिए वे अधिक देर तक उसके पास न बैठ सकीं। छोटी दो को यह अन्देशा था कि ऐसा न हो कि मुझे इसका पता हो जाए। अत: उन्होंने नर्गिस से विदा चाही और वापस घर आ गईं।

नर्गिस के सम्बन्ध में वे जब भी बात करतीं, घूम-फिरकर उसके विवाह की समस्या पर आ जातीं। छोटी दो को यह जानने की इच्छा थी कि वह कब और कहाँ शादी करेगी? बड़ी, जिसकी शादी हुए पाँच वर्ष हो चुके थे, सोचती थी कि वह शादी के बाद माँ कैसे बनेगी?

कुछ देर तक मेरी बीवी ने नर्गिस से इस ख़ुफ़िया मुलाक़ात का हाल छिपाये रखा। अन्ततः एक रोज़ बता दिया। मैंने बनावटी नाराज़गी जाहिर की, तो उसने सच समझते मुझसे माफ़ी माँगी और कहा, "दरअसल में हमसे ग़लती हुई, मगर ख़ुदा के लिए अब आप इसकी चर्चा किसी से न कीजिएगा!"

वह चाहती थी कि बात मुझ ही तक रहे। एक अभिनेत्री के घर जाना तीनों बहनों के नज़दीक बहुत ही घटिया बात थी। वे इस 'हरकत' को छिपाना चाहती थीं। अतः जहाँ तक मुझे मालूम हुआ, इसका उल्लेख उन्होंने अपनी माँ से भी नहीं किया था, हालाँकि वह बिलकुल संकुचित विचारों की नहीं थीं।

मैं अब तक न समझ सका कि उनकी वह हरकत निन्दनीय हरकत क्यों थी? अगर वे नर्गिस के यहाँ गई थीं, तो इसमें बुराई ही क्या थी? कलाकारी निन्दनीय और घृणित क्यों समझी जाती है? क्या हमारे परिवार में ऐसे व्यक्ति नहीं होते, जिनकी सारी उम्र धोखेबाज़ी और छल-कपट में गुज़र जाती है? नर्गिस ने तो कलाकारी को अपना पेशा बनाया, उसने इसको रहस्य बनाकर नहीं रखा था। कितना बड़ा फ़रेब है यह, जिसमें ये लोग फँसे रहते हैं!

नसीम

मेरी फ़िल्म देखने की इच्छा और फ़िल्मों का शौक़ अमृतसर ही में समाप्त हो चुका था। इतनी फ़िल्म देखी थीं कि अब उनमें मेरे लिए कोई आकर्षण ही न रहा था। यही वजह है कि जब मैं साप्ताहिक 'मुसव्विर' का सम्पादन करने के सिलसिले में बम्बई पहुँचा, तो महीनों किसी सिनेमा की ओर क़दम न बढ़ाया। साप्ताहिक फ़िल्मी था। हर फ़िल्म का फ़्री पास मिल सकता था, मगर तबीयत उधर को लगती ही नहीं थी।

उन दिनों अभिनेत्रियों में एक अभिनेत्री—नसीम बानो—विशेष रूप से प्रसिद्ध थी। इसकी सुन्दरता और रूप की बहुत चर्चा थी। विज्ञापनों में उसे परी-चेहरा नसीम कहा जाता था। मैंने अपने ही अख़बार में उसके कई फ़ोटो देखे। वह बड़ी ही रूपवती थी जवान थी। ख़ासतौर पर आँखें बड़ी ख़ूबसूरत थीं। और जब आँखें आकर्षक हों, तो सारा चेहरा आकर्षक बन जाता है।

नसीम की सम्भवत: दो फ़िल्में तैयार हो चुकी थीं, जो सोहराब मोदी ने बनाई थीं और जनता में काफ़ी लोकप्रिय हुई थीं। ये फ़िल्में मैं नहीं देख सका था। मालूम नहीं, क्यों? काफ़ी समय बीत गया। अब मिनर्वा मूवीटोन की ओर से उसकी शानदार ऐतिहासिक फ़िल्म 'पुकार' का इश्तहार बड़े ज़ोरों पर हो रहा था। परी-चेहरा नसीम इसमें नूरजहाँ के रूप में पेश की जा रही थी और सोहराब मोदी स्वयं इसमें महत्त्वपूर्ण पार्ट अदा कर रहे थे।

फ़िल्म की तैयारी में काफ़ी समय लगा और इस दौरान अख़बारों और पत्रिकाओं में जो स्टिल प्रकाशित हुए, वे बड़े शानदार थे। नसीम नूरजहाँ की पोशाक में बड़ी आकर्षक, सुन्दर और प्रभावशाली दिखाई देती थी।

'पुकार' के उद्घाटन-समारोह में मैं आमंत्रित था। यह जहाँगीर की न्यायप्रियता का एक मनगढ़ंत क़िस्सा है, जो बड़े भावुक और थियेटरी अन्दाज़ में पेश किया गया है। फ़िल्म में दो बातों पर बहुत ज़ोर था—संवादों और पहनावे पर। संवाद यद्यपि अस्वाभाविक और थियेटरी टाइप के थे, लेकिन बहुत ज़ोरदार और प्रशंसनीय थे, जो श्रोताओं पर अपना प्रभाव डालते थे। चूँकि ऐसी फ़िल्म इसके पहले नहीं बनी थी, इसलिए सोहराब मोदी की 'पुकार' सोने की खान साबित होने के अलावा भारतीय फ़िल्म उद्योग में एक क्रान्ति उत्पन्न करने का कारण भी हुई।

नसीम की कलाकारी कमज़ोर थी। लेकिन उसकी कमज़ोरी को उसके प्राकृतिक सौन्दर्य और नूरजहाँ के लिबास ने, जो उस पर ख़ूब सजता था, अपने अन्दर छिपा लिया था।

इसी बीच नसीम के सम्बन्ध में भाँति-भाँति की अफ़वाहें फैल रही थीं। फ़िल्मी दुनिया में स्कैंडल आम होते हैं। कभी यह सुनने में आता था कि सोहराब मोदी नसीम बानो से शादी करनेवाला है। कभी अख़बारों में यह समाचार प्रकाशित होता था कि निजाम हैदराबाद के सुपुत्र मुअज़्ज़मजाह साहब नसीम बानो पर डोरे डाल रहे हैं और भविष्य में शीघ्र ही उसे ले उड़ेंगे। यह समाचार सही था, क्योंकि निजाम के सुपुत्र का निवास उन दिनों अकसर बम्बई में होता था और वह कई बार नसीम के मेरीन ड्राइव-स्थित मकान पर देखे गए थे।

शहज़ादे ने लाखों रुपये ख़र्च किए। बाद में हुस्न का हिसाब देने के सिलसिले में उन्हें बड़ी उलझनों का सामना करना पड़ा। किन्तु यह बाद की बात थी। वह हज़रत अपने रुपयों के ज़ोर से नसीम की माँ, उर्फ़ छमियाँ, को राजी करने में कामयाब हो गए। परिणामस्वरूप आप परी-चेहरा नसीम का सौन्दर्य खरीदकर उसे उसकी माँ के साथ हैदराबाद ले गए।

थोड़े ही समय के बाद दुनिया को देखे हुए छमियाँ ने यह अनुभव किया कि हैदराबाद एक क़ैदख़ाना है, जिसमें उसकी बच्ची का दम घुट रहा है। आराम

और सुख के तमाम सामान वहाँ उपलब्ध थे, किन्तु वातावरण में घुटन-सी थी। फिर क्या पता था कि शहज़ादे की चंचल तबीयत में यकायक कोई इन्कलाब आ जाता और नसीम बानो इधर की रहती, न उधर की। अतः छमियाँ ने बड़े टैक्ट से काम लिया। हैदराबाद से निकलना बहुत कठिन था। मगर वह अपनी बच्ची नसीम के साथ वापस बम्बई लौटने में सफल हो गई।

मैं फ़िल्मी दुनिया में दाख़िल हो चुका था। कुछ देर 'मुंशी' की हैसियत से इंपीरियल फ़िल्म कम्पनी में काम किया, अर्थात् डायरेक्टरों के हुक्म के मुताबिक उलटी-सीधी भाषा में फ़िल्मों के संवाद लिखता रहा।

इसी बीच एक ऐलान नज़रों से गुज़रा कि कोई साहब 'अहसान' हैं। उन्होंने एक फ़िल्म कम्पनी 'ताजमहल पिक्चर्स' नाम से स्थापित की है। पहली फ़िल्म 'उजाला' होगी, जिसकी हीरोइन नसीम बानो है।

इस फ़िल्म के निर्माताओं में दो मशहूर हस्तियाँ थीं। 'पुकार' का लेखक कमाल अमरोही और 'पुकार' ही का पब्लिसिटी मैनेजर एम.ए. मुगनी। फ़िल्म की तैयारी के दौरान कई झगड़े खड़े हुए। अमीर हैदर कमाल अमरोही और एम.ए. मुगनी की कई बार आपस में झपटें हुईं। ये दोनों व्यक्ति अदालत तक भी पहुँचे, मगर 'उजाला' अन्ततः पूर्ण हो ही गई।

कहानी मामूली थी, संगीत कमज़ोर था। डायरेक्शन में कोई दम नहीं था। अतः यह फ़िल्म सफल न हुई और अहसान साहब को ख़ासा नुक़सान उठाना पड़ा। परिणामस्वरूप उनको अपना कारोबार बन्द कर देना पड़ा।

परन्तु इस व्यवसाय में वह अपना दिल नसीम बानो को दे बैठे। अहसान साहब के लिए नसीम अजनबी नहीं थी। उनके पिता खानबहादुर मुहम्मद सुलेमान, चीफ इंजीनियर, नसीम की माँ, उर्फ़ छमियाँ के पुजारी थे। बल्कि यह कहिए कि एक दृष्टि से वह उनकी दूसरी बीवी थी। अहसान साहब को कभी-न-कभी नसीम से मिलने का अवसर मिला होगा। फ़िल्म की तैयारी के दौरान तो खैर वह नसीम के बिलकुल निकट रहते थे। किन्तु लोगों का कथन है कि अहसान अपनी झेंपू और शरमीली तबीयत के कारण नसीम

की आत्मीयता का पूरा लाभ नहीं उठा सके। सेट पर आते तो ख़ामोश एक कोने में बैठे रहते। नसीम की बहुत कम बातें करते। कुछ भी हो, आप अपने उद्देश्य में सफल हो गए, क्योंकि एक दिन हमने सुना कि नसीम ने अहसान से दिल्ली में शादी कर ली है और यह इरादा प्रकट किया है कि वह अब फ़िल्मों में काम नहीं करेगी।

नसीम बानो के पुजारियों के लिए यह समाचार बड़ा हृदय-विदारक था, क्योंकि उसके हुस्न का जलवा केवल एक आदमी के लिए सुरक्षित हो गया था। अहसान और नसीम का इश्क़ तमाम मुश्किलों को पार करके शादी की मंज़िल तक कैसे पहुँचा, मुझे इसका ज्ञान नहीं, लेकिन इस सम्बन्ध में अशोक कुमार का कथन बहुत दिलचस्प है। अशोक कुमार कैप्टन सिद्दीक़ी नामक एक सज्जन का दोस्त था। यह जनाब अहसान के निकटतम सम्बन्धी थे। 'उजाला' में इन्होंने काफ़ी रुपया लगाया था।

एक दिन जब अशोक सिद्दीक़ी साहब के घर गया, तो वह नहीं थे लेकिन वह सुगन्ध मौजूद थी—बड़ी मनमोहक, किन्तु बड़ी उच्छृंखल! अशोक ने सूँघ-सूँघकर नाक के ज़रिये मालूम कर लिया कि वह सुगन्ध ऊपर की मंज़िल से आ रही है। सीढ़ियाँ चढ़कर वह ऊपर पहुँचा। कमरे के किवाड़ थोड़े-से खुले थे। अशोक ने झाँककर देखा। नसीम बानो पलंग पर लेटी थी और उसके पहलू में एक सज्जन बैठे उससे हौले-हौले बातें कर रहे थे। अशोक ने पहचान लिया—हज़रत अहसान थे, जिनसे उसका परिचय हो चुका था।

अशोक ने जब कैप्टन सिद्दीक़ी से इस मामले में बात की तो वह मुस्कराए, "यह सिलसिला काफ़ी देर से जारी है।"

शादी पर और शादी के बाद कुछ अख़बारों में हंगामा रहा। मगर फिर नसीम फ़िल्मी दुनिया से लुप्त हो गई।

इसी बीच फ़िल्मी दुनिया में कई क्रान्तियाँ आईं। कई फ़िल्मी कम्पनियाँ बनीं, कई टूटीं। कई सितारे उभरे, कई डूबे। हिमांशु राय की शोकपूर्ण मृत्यु के बाद बम्बई टॉकीज में अराजकता फैली हुई थी। देविकारानी (श्रीमती हिमांशु राय) और रायबहादुर चुन्नीलाल (जनरल मैनेजर) में बात-बात में झड़प चलती थी। नतीजा यह हुआ कि रायबहादुर अपने ग्रुप के साथ बम्बई टॉकीज से

अलग हो गए। इस ग्रुप में प्रोड्यूसर एस. मुखर्जी, कहानीकार और डायरेक्टर ज्ञान मुखर्जी, प्रसिद्ध अभिनेता अशोक कुमार, कवि प्रदीप, साउंड रिकॉर्डिस्ट एस. वाचा, कॉमेडियन वी.एच. देसाई, डायलॉग-लेखक शाहिद लतीफ़ और सन्तोषी शामिल थे।

बम्बई टॉकीज से निकलते ही इस ग्रुप ने एक नई फ़िल्म कम्पनी 'फ़िल्मिस्तान' के नाम से स्थापित की। प्रोडक्शन कंट्रोलर एस. मुखर्जी नियुक्त हुए, जो एक सिल्वर जुबली फ़िल्म बनाकर पर्याप्त ख्याति प्राप्त कर चुके थे। कहानी लिखी गई। स्टूडियो नये सामान से सुसज्जित हो गया। सब ठीक-ठाक था। मगर प्रोड्यूसर एस. मुखर्जी सख़्त परेशान थे। बम्बई टॉकीज से अलग होकर वह देविकारानी को 'जला' देने के लिए कोई सनसनी फैलानेवाली बात पैदा करना चाहते थे और यह बात हीरोइन के चयन से सम्बन्धित थी।

बैठे-बैठे एक दिन एस. मुखर्जी को यह सूझी कि नसीम बानो को वापस खींचकर लाया जाए। यह वह ज़माना था जब उसे अपने ऊपर पूर्ण विश्वास था। ताबड़तोड़ सफलताओं के बाद उसको यह अनुभव होने लगा कि वह जिस काम में हाथ डालेगा, पूरा कर लेगा।

अतः तत्काल ही नसीम बानो तक पहुँचने के रास्ते सोच लिये गए।

अशोक की वजह से एस. मुखर्जी के भी कैप्टन सिद्दीक़ी से बड़े अच्छे सम्बन्ध थे। इसके अलावा रायबहादुर चुन्नीलाल के अहसान के पिता खानबहादुर मुहम्मद सुलेमान से अच्छे और घनिष्ठ सम्बन्ध थे। अत: दिल्ली में नसीम से सम्पर्क स्थापित करने में एस. मुखर्जी को किसी कठिनाई का सामना न करना पड़ा। परन्तु सबसे बड़ी बात तो अहसान को रजामन्द करना था।

मुखर्जी का आत्मविश्वास काम आया। अहसान ने पहले तो साफ़ जवाब दे दिया, लेकिन आख़िर रजामन्द भी हो गया। दिल्ली में सफलता के झंडे गाड़कर जब मुखर्जी बम्बई वापस आया, तो समाचार-पत्रों में यह ख़बर बड़े ठाठ से प्रकाशित कराई कि फ़िल्मिस्तान की पहली फ़िल्म, 'चल चल रे नौजवान' की

हीरोइन नसीम बानो होगी। फ़िल्मी क्षेत्रों में सनसनी फैल गई, क्योंकि नसीम फ़िल्म-जगत से हमेशा के लिए सम्बन्ध-विच्छेद कर चुकी थी।

कुछ दिनों बाद मलाड से शाहिद लतीफ़ का फ़ोन आया कि प्रोड्यूसर एस. मुखर्जी तुम्हारा इंटरव्यू करना चाहते हैं क्योंकि सिनेरियो डिपार्टमेंट के लिए उन्हें एक आदमी की ज़रूरत है।

नौकरी प्राप्त करने की मुझे कोई ख़्वाहिश नहीं थी। केवल स्टूडियो देखने के लिए मैं फ़िल्मिस्तान चला गया। वातावरण बहुत अच्छा था, जैसे किसी यूनिवर्सिटी का। उसने मुझे बहुत प्रभावित किया। मुखर्जी से भेंट हुई, तो वह मुझे बहुत पसन्द आए। अत: वहीं कंट्रैक्ट पर हस्ताक्षर कर दिये। वेतन बहुत थोड़ा था, कुल तीन सौ रुपये माहवार और दूरी भी अधिक थी। इलेक्ट्रिक ट्रेन से एक घंटे के क़रीब लगता था गोरेगाँव पहुँचने में। लेकिन मैंने सोचा, ठीक है। वेतन थोड़ा है, परन्तु मैं इधर-उधर से कमा लिया करूँगा।

आरम्भिक दिनों में तो फ़िल्मिस्तान में मेरी हालत अजनबी की-सी थी, किन्तु बहुत शीघ्र मैं सारे स्टाफ़ के साथ घुल-मिल गया। एस. मुखर्जी से तो मेरे सम्बन्ध दोस्ती तक पहुँच गए थे।

इस दौरान नसीम बानो की कुछ झलकियाँ देखने का मौक़ा मिला, क्योंकि सिनेरियो लिखा जा रहा था, इसलिए वह कुछ क्षणों के लिए मोटर में आती और वापस चली जाती।

एस. मुखर्जी बड़ा ही दिक़्क़त पसन्द आदमी है। महीनों कहानी को दुरुस्त करने में लग गए। ख़ुदा-ख़ुदा करके फ़िल्म की शूटिंग शुरू हुई। मगर ये वे सीन थे, जिनमें नसीम बानो नहीं थी। आख़िर उससे एक दिन भेंट हुई। स्टूडियो के बाहर फ़ोल्डिंग कुरसी पर बैठी थी। टाँग-पर-टाँग रखे थरमस से चाय पी रही थी। अशोक ने उससे मेरा परिचय कराया। नसीम ने बड़ी बारीक आवाज़ में कहा, "मैंने इनके लेख और कहानियाँ पढ़ी हैं।"

थोड़ी देर औपचारिक वार्ता हुई और यह पहली मुलाक़ात ख़त्म हुई। चूँकि वह मेकअप में थी, इसलिए मैं उसके असली हुस्न का अन्दाज़ा न कर सका। एक बात जो मैंने विशेष रूप से अनुभव की, वह यह थी कि बोलते समय उसे कोशिश-सी करनी पड़ती थी।

'पुकार' की नसीम में और 'चल-चल रे नौजवान' की नसीम में धरती-आकाश का अन्तर था। उधर वह मलका नूरजहाँ के राजसी लिबास में चमकती हुई और इधर भारत-सेवा दल की एक स्वयंसेविका की वरदी में। तीन-चार बार मेकअप के बिना देखा, तो मैंने सोचा—किसी महफ़िल को सजाने के लिए और मरते हुओं में नये जीवन का संचार करने के लिए इससे बेहतर और कोई नहीं हो सकती। वह जगह या कोना जहाँ नसीम खड़ी होती, एकदम सज जाता।

पोशाक और लिबास के चुनाव में वह बड़ी 'रिजर्व' है। और रंग चुनने के मामले में जो सलीका मैंने इसके यहाँ देखा, और कहीं नहीं देखा। पीला रंग बड़ा ख़तरनाक है, क्योंकि बसन्ती रंग के कपड़े आदमी को अकसर पीलिया का मरीज बना देते हैं। मगर नसीम कुछ इस बेपरवाही से यह रंग इस्तेमाल करती थी कि मुझे आश्चर्य होता था।

नसीम का प्रिय पहनावा साड़ी है। गरारा भी पहनती है, मगर यदा-कदा; शलवार-क़मीज़ पहनती है, मगर सिर्फ़ घर की चहारदीवारी में। वह कपड़े पहनती है, इस्तेमाल नहीं करती। यही कारण है कि उसके पास वर्षों पुराने कपड़े बड़ी अच्छी हालत में मौजूद हैं।

नसीम को मैंने बहुत परिश्रमी पाया। बड़ी नाज़ुक-सी औरत है, मगर सेट पर बराबर डटी रहती थी। मन को सन्तुष्ट करना आसान कार्य नहीं, कई-कई रिहर्सलें करनी पड़ती थीं। घंटों झुलसा देनेवाली रोशनी के सामने उठक-बैठक करनी पड़ती थी। लेकिन मैंने देखा कि नसीम उकताती नहीं थी। मुझे बाद में मालूम हुआ कि उसको कलाकारी का बहुत शौक़ है। हम शूटिंग के साथ-साथ कलाकारी भी देखते थे। नसीम बानो का काम बस गवारा था। उसमें चमक नहीं थी। वह संजीदा अदाएँ मुहैया कर सकती है, अपनी मुग़लकालीन रूप-रेखा की झाँकियाँ प्रस्तुत कर सकती है, परन्तु क़द्रदान निगाहों के लिए कलाकारी का जौहर पेश नहीं कर सकती। फिर भी 'चल-चल रे नौजवान' में उसकी ऐक्टिंग पहली फ़िल्मों की तुलना में कुछ बेहतर ही थी।

मुखर्जी उसमें कुछ गरमी और उत्तेजना उत्पन्न करना चाहता था। मगर यह कैसे पैदा होती? नसीम अत्यधिक ठंडे मिज़ाज की है। परिणाम

यह हुआ कि 'चल-चल रे नौजवान' में नसीम का कैरेक्टर गड्डमड्ड होकर रह गया।

फ़िल्म रिलीज हुई। रात को 'ताज' में एक शानदार पार्टी दी गई। फ़िल्म में नसीम जैसी भी थी, ठीक है; मगर वह 'ताज' में सबसे अलग नज़र आती थी, प्रभावशाली और मुगलिया शहजादियों की-सी शान और व्यक्तित्व लिये हुए!

'चल-चल रे नौजवान' की तैयारी में दो बरस लग गए थे। जब फ़िल्म आशा और सम्भावना के अनुरूप सफल और लोकप्रिय न हुई, तो हम-सब पर निष्क्रियता और पस्तहिम्मती छा गई। मुखर्जी को बहुत आघात पहुँचा। मगर कंट्रैक्ट के मुताबिक चूँकि उसे 'ताजमहल पिक्चर्स' की एक फ़िल्म की निगरानी करनी थी, इसलिए कमर कसकर काम शुरू करना पड़ा।

फ़िल्म 'चल-चल रे नौजवान' की तैयारी के दौरान अहसान और मुखर्जी के सम्बन्ध बहुत बढ़ गए थे। जब ताजमहल पिक्चर्स के फ़िल्म का प्रश्न आया, तो अहसान ने उसका सारा बोझ मुखर्जी के कन्धों पर डाल दिया। मुखर्जी ने मुझसे परामर्श किया। अन्त में यह तय हुआ कि 'बेगम' शीर्षक से मैं एक ऐसी कहानी लिखूँ, जिसमें नसीम की ख़ूबसूरती का अधिक-से-अधिक उपयोग किया जाए।

'बेगम' लिखने के दौरान मुझे नसीम बानो को बहुत निकट से देखने के अवसर मिले। मैं और मुखर्जी दोपहर का खाना उनके घर पर खाते थे और हर रोज़ रात को देर तक कहानी में सुधार और संशोधन करते थे।

मेरा अनुमान था कि नसीम बड़े आलीशान मकान में रहती है। लेकिन जब घोड़बन्दर रोड पर उसके बँगले में प्रवेश किया, तो मेरे आश्चर्य की सीमा न रही। बँगला बहुत ही खस्ता हालत में था। बड़ा मामूली क़िस्म का फ़र्नीचर था, जो शायद किराये पर लिया गया था। घिसा हुआ कालीन, सीली हुई दीवारें और फर्श!

इस पृष्ठभूमि के साथ मैंने अभिनेत्री नसीम बानो को देखा। बँगले के बरामदे में वह ग्वाले से दूध के कूपनों के बारे में बातचीत कर रही थी। उसकी दबी-दबी आवाज़, जो ऐसा प्रतीत होता था कि कोशिश के साथ गले

से निकाली जा रही है, ग्वाले से यह स्वीकार करवा रही थी कि उसने आधा सेर दूध का हेर-फेर किया है। आधा सेर दूध और सिनेसंसार की अभिनेत्री अप्सरा नसीम बानो, जिसके लिए बीसवीं शताब्दी के कई फ़रहाद दूध की नहरें निकालने के लिए तैयार थे!

धीरे-धीरे मुझे ज्ञात हुआ कि 'पुकार' की नूरजहाँ बड़ी घरेलू क़िस्म की औरत है और उसमें वे विशेषताएँ और गुण मौजूद हैं, जो एक साधारण गृहिणी में होते हैं। उसकी पिक्चर 'बेगम' का प्रोडक्शन शुरू हुआ तो साज-सज्जा और वेश-भूषा की व्यवस्था का सारा काम उसने सँभाल लिया। अनुमान था कि दस-बारह हज़ार रुपये इस मद पर उठ जाएँगे, लेकिन नसीम ने दरजी को घर में बिठाकर अपनी पुरानी साड़ियों, क़मीज़ों और गरारों से सभी पोशाकें तैयार करवा लीं।

नसीम के पास अनगिनत कपड़े हैं। पहले कह चुका हूँ कि वह लिबास पहनती है, इस्तेमाल नहीं करती। उस पर हर लिबास सजता है। यही कारण है कि 'बेगम' में एस. मुखर्जी ने उसको काश्मीर के देहात की एक अल्हड़ लड़की के रूप में पेश किया। हीर का लम्बा कुरता और लाचा पहनाया। आधुनिक लिबास में भी पेश किया।

हम सबने इस फ़िल्म की तैयारी पर बहुत मेहनत की थी, विशेष रूप से मुखर्जी ने। हम-सब देर तक (कभी-कभी रात के तीन-तीन बजे तक) बैठे काम करते रहते। मैं और मुखर्जी कहानी की नोक-पलक दुरुस्त करते रहते और नसीम और अहसान जागने का प्रयत्न करते रहते। जब तक अहसान साहब की टाँग हिलती रहती, वह हमारी बातें सुनते रहते। लेकिन ज्यों ही उनकी टाँग हिलनी बन्द हो जाती, हम-सब समझ जाते कि वह गहरी नींद सो गए हैं।

नसीम को इससे बड़ी झुँझलाहट होती थी कि उसका पति नींद का ऐसा मारा है कि कहानी के अत्यन्त नाज़ुक मोड़ पर लम्बी तानकर सो जाता है। मैं और मुखर्जी अहसान को छेड़ते थे, तो नसीम बहुत खिन्न

होती थी। वह स्वयं उसको अपनी ओर से झिंझोड़कर जगाती थी, मगर ऐसा प्रतीत होता था कि वह लोरी देकर उसे और गहरी नींद सुला रही है। जब नसीम की आँखें भी बन्द होने लगतीं, तो मुखर्जी छुट्टी चाहते और चले जाते।

मेरा घर घोड़बन्दर रोड से बहुत दूर था। बिजली की ट्रेन क़रीब-क़रीब पौन घंटे में मुझे वहाँ पहुँचाती थी। रोज़ आधी रात के बाद घर पहुँचता। एक अच्छी-ख़ासी परेशानी थी। मैंने जब इसका उल्लेख मुखर्जी से किया, तो यह तय हुआ कि मैं कुछ समय के लिए नसीम ही के यहाँ रहने लगूँ।

अहसान बेहद झेंपू हैं। कोई बात कहनी हो, तो बरसों लगा देते हैं। उन्हें मेरी सुविधा का ध्यान था। वह चाहते थे कि जिस वस्तु की मुझे आवश्यकता हो, मैं उनसे स्पष्ट कह दिया करूँ। मगर शिष्टाचार और संकोच की यह हद थी कि वह दिल की बात ज़बान पर ला ही नहीं पाते थे। एक दिन अन्त में उनके आग्रह पर नसीम ने मुझसे कहा, "थानूँ जिस चीज़ दी ज़रूरत होवे, दस दिया करो।"

नसीम फ़र्स्ट क्लास पंजाबी बोलती थी। 'चल-चल रे नौजवान' के ज़माने में जब मैंने रफ़ीक ग़ज़नवी से, जो इस पिक्चर में एक महत्त्वपूर्ण रोल अदा कर रहा था, ज़िक्र किया कि नसीम पंजाबी बोलती है, तो उसने अपने विशेष लहजे में मुझसे कहा कि तुम बकते हो। मैंने उसको विश्वास दिलाने का प्रयत्न किया, मगर वह न माना।

एक दिन शूटिंग के दौरान नसीम और रफ़ीक दोनों मौजूद थे, अशोक अंग्रेज़ी भाषा के 'ज़बान-मरोड़' वाक्य नसीम से कहलवाने की चेष्टा कर रहा था कि मैंने रफ़ीक से पूछा, "लाले! अधड़ोंजा किसे कहते हैं?"

रफ़ीक ने उत्तर दिया, "यह किस भाषा का शब्द है?"

मैंने कहा, "पंजाबी भाषा का, बताओ इसका क्या अर्थ है?"

रफ़ीक ने अपनी विशेष मुद्रा में कहा, "मैंनूँ मालूम नईं, ओ अधड़ोंजे दे पुत्तर!"

नसीम ने गर्दन को हल्का-सा झटका देकर रफ़ीक की ओर देखा और मुस्कराकर पंजाबी में उससे पूछा, "सच्ची, थानूँ मालूम नईं?"

रफ़ीक ने जब नसीम के मुँह से पंजाबी सुनी, तो शख़्शे के कथनानुसार वह अपनी पश्तो भूल गया। नसीम से उर्दू में कहा, "आप पंजाबी जानती हैं?"

नसीम ने उसी तरह मुस्कराकर कहा, "जी हाँ!"

मैं नसीम से मुखातिब हुआ, "तो बताइए, अधड़ोंजे का क्या मतलब है?"

नसीम ने कुछ देर सोचा, "वह लिबास जो घर में पहना जाता है।"

रफ़ीक ग़ज़नवी अपनी पश्तो और ज़्यादा भूल गया।

नसीम के निकटवर्ती वातावरण के बारे में जो अटकलें थीं, वे धीरे-धीरे ग़ायब हो गईं। मुझे उसके बँगले के ग़ुसलख़ाने में पहली बार नहाने का अवसर मिला, तो बड़ी निराशा हुई। मेरा विचार था कि वह आधुनिक सामान और सुविधाओं से सज्जित होगा। कई तरह के नहानेवाले सॉल्ट होंगे, बढ़िया साबुन होगा, टब होगा और तमाम ऊटपटाँग चीज़ें होंगी, जो हसीन औरतें और अभिनेत्रियाँ अपने सौन्दर्य की वृद्धि के लिए इस्तेमाल करती हैं। मगर वहाँ केवल एक जस्ते की बाल्टी थी, एल्युमिनियम का एक डोंगा और मलाड के कुएँ का खारा पानी कि साबुन घिसते रहो और झाग पैदा न हो।

लेकिन नसीम को जब भी देखो, तरोताज़ा और निखरी-निखरी नज़र आती थी। मेकअप करती थी, मगर हल्का-हल्का—शोख़, चटकीले रंगों से उसे घृणा है। वह केवल वही रंग इस्तेमाल करती है, जो उसके मन और मिज़ाज के मुताबिक हों।

इत्रों और सुगन्धों से उसे प्रेम है। अत: विभिन्न प्रकार की ख़ुशबुएँ उसके पास मौजूद रहती हैं—यानी सेंट तो बहुत ही बहुमूल्य और नायाब हैं। जेवर एक-से-एक बढ़िया और मूल्यवान हैं, पर आभूषणों से लदी नहीं रहती। कभी हीरे का एक कंगन पहन लिया, कभी जड़ाऊ चूड़ियाँ, कभी मोतियों का हार।

उनका दस्तरख़्वान मैंने कभी सुसज्जित नहीं देखा। अहसान को दमे की शिकायत रहती है और नसीम को जुकाम की। दोनों परहेज की कोशिश किया करते थे। नसीम मेरी हरी मिर्चें ले उड़ती थी और अहसान नसीम की प्लेट पर हाथ साफ़ कर देते थे। दोनों में खाने पर क़रीब-क़रीब हमेशा एक अजीब

बचकाना क़िस्म की छीना-झपटी होती थी। दोनों की निगाहें जब इस दौरान एक-दूसरे से टकराती हैं, तो देखनेवालों को साफ़ पता लग जाता है कि वे एक-दूसरे के पक्के और सच्चे प्रेमी हैं।

वैसे तो अहसान बहुत दुबैल क़िस्म के आदमी हैं, मगर अपनी बीवी के मामले में बहुत कठोर साबित हुए हैं। नसीम को सिर्फ़ ख़ास-ख़ास लोगों से मिलने की इजाज़त है। साधारण अभिनेताओं और अभिनेत्रियों से नसीम को बातचीत करने की मनाही है। वैसे नसीम भी छिछोरे लोगों से नफ़रत करती है। शोरोगुल और हंगामा पैदा करनेवाली पार्टियों से वह ख़ुद भी दूर रहती है। लेकिन एक बार उसे एक बहुत बड़े हंगामे में भाग लेना पड़ा।

यह हंगामा होली का हुड़दंग था। जिस तरह अलीगढ़ विश्वविद्यालय की एक परम्परा वर्षाऋतु के आरम्भ में 'मडपार्टी' है, उसी प्रकार बम्बई टॉकीज की परम्परा होली की रंग-पार्टी थी। चूँकि फ़िल्मिस्तान के लगभग सभी कर्मचारी बम्बई टॉकीज के शरणार्थी थे, इसलिए यह परम्परा यहाँ भी कायम रही।

एस. मुखर्जी इस रंग-पार्टी के 'रिंग लीडर' थे। महिलाओं की कमांड उनकी मोटी और हँसमुख पत्नी (अशोक की बहन) के सुपुर्द थी। मैं शाहिद लतीफ़ के यहाँ बैठा था। शाहिद की बीवी इस्मत चुग़ताई और मेरी बीवी (सफ़िया) दोनों न जाने क्या बातें कर रही थीं! एकदम शोर पैदा हुआ। इस्मत चिल्लाई, "लो सफ़िया, वे आ गए!...लेकिन मैं भी..."

इस्मत इस बात पर अड़ गई कि वह किसी को अपने ऊपर रंग नहीं फेंकने देगी। लेकिन वह कुछ क्षणों ही में रंगों में लथ-पथ भुतनी बनकर दूसरे भूतों में शामिल हो गई। मेरा और शाहिद लतीफ़ का हुलिया भी वही था, जो होली के अन्य भूतों का था।

पार्टी में जब कुछ और लोग शामिल हुए, तो शाहिद ने ऊँचे स्वर में कहा, "चलो, नसीम के घर का रुख़ करो!"

रंगों से लैस गिरोह घोड़बन्दर रोड की ऊँची-ऊँची तारकोल लगी सतह पर बेढंगे बेल-बूटे बनाता और शोर मचाता नसीम के बँगले की ओर चल

दिया। कुछ मिनटों में ही हम सब वहाँ थे। शोर सुनकर नसीम और अहसान बाहर निकले। नसीम हल्के रंग की जॉर्जेट की साड़ी में लिपटी मेकअप नोक-पलक निकाले जब भीड़ के सामने बरामदे में आई, तो शाहिद लतीफ़ ने 'हमला' कर देने का हुक्म दिया। मगर मैंने उसे रोका, "ठहरो, पहले उनसे कहो कपड़े बदल आएँ।"

नसीम से कपड़े बदलने को कहा गया, तो वह एक अदा के साथ मुस्कराई, "यही ठीक हैं!"

अभी ये शब्द उसके मुँह ही में थे कि होली की पिचकारियाँ बरस पड़ीं। कुछ क्षणों ही में परी-चेहरा नसीम बानो एक अजीब तरह की ख़ौफ़नाक चुड़ैल के रूप में परिवर्तित हो गई। नीले-पीले रंगों की तह में से जब उसके सफ़ेद और चमकीले दाँत तथा बड़ी-बड़ी आँखें नज़र आतीं, तो ऐसा मालूम होता कि बहज़ाद और फ़ानी की कलाकारी पर किसी ने स्याही उँडेल दी है!

रंगबाजी ख़त्म होने पर कबड्डी शुरू हुई। पहले पुरुषों का मैच आरम्भ हुआ, फिर महिलाओं का। यह बहुत दिलचस्प था। मिस्टर मुखर्जी की मोटी बीवी जब भी गिरती, ठहाकों का तूफ़ान पैदा हो जाता। मेरी बीवी की आँखों में ऐनक लगी थी। ऐनक के शीशों पर रंग लगा होने से उसे बहुत कम दिखाई देता था। अतः वह अकसर ग़लत दिशा में दौड़ने लगती। नसीम से भागा नहीं जाता था, अथवा वह यह प्रकट करना चाहती थी कि वह इस परिश्रम की अभ्यस्त नहीं। फिर भी वह खेल में बराबर हिस्सा लेती रही।

नसीम और उसके मियाँ साहब बड़े धार्मिक विचारों के व्यक्ति हैं—मेरा मतलब इस प्रकार के धार्मिक और कट्टर आदमियों में से हैं, जो उर्दू के अख़बारों के पुरजे ज़मीन से उठाकर चूमते हैं और सिर-आँखों पर लगाते हैं, शाम को एक सितारा देखते हैं, तो और दो देखने के लिए सारा आसमान खँगालना शुरू कर देते हैं। दोनों कट्टरपन्थी और दकियानूसी विचारों के हैं—विशेष रूप से अहसान मियाँ। रेस-कोर्स पर उनकी हालत देखने लायक होती है। पास बहुत अच्छी टिप हैं। सम्भव है कि उस पर रुपया लगा दें कि एक काना आदमी पास से गुज़र गया, बस वहीं रुक जाएँगे! टिप का घोड़ा

प्रथम आ जाएगा, तो नसीम से उलझ पड़ेंगे, "तुमने क्यों कहा था कि इस घोड़े पर न लगाना—नहीं आएगा?"

एक हल्का-हल्का द्वन्द्व, हल्की-हल्की ख़ुराफ़ात उनमें आमतौर पर होती रहती है, जो उनके वैवाहिक जीवन में रंग भरती है।

'बेगम' लिखने के दौरान मिस्टर मुखर्जी के साथ एक विचित्र दृश्य पर बहस करते-करते बहुत देर हो गई। रात के दो बजे थे। सुबह की पहली गाड़ी साढ़े तीन बजे मिलती थी। मेरी बीवी साथ थी। जब हमने विदाई चाही, तो नसीम ने कहा, "नहीं, सफ़िया, यहीं ठहर जाओ, यह भी कोई वक़्त है जाने का?"

हमने बहुत कहा कि कोई बात नहीं। मौसम अच्छा है। कुछ देर प्लेटफार्म पर टहलेंगे, इतने में गाड़ी आ जाएगी। मगर नसीम और अहसान ने बहुत आग्रह किया कि हम ठहर जाएँ। मुखर्जी चले गए, इसलिए कि उनके पास मोटर थी और उन्हें बहुत दूर नहीं जाना था। मैं बाहर बरामदे में सो गया। अहसान वहीं कमरे में सोफ़े पर लेट गए।

सुबह नाश्ता करके जब मैं और सफ़िया चले तो रास्ते में उसने मुझे यह बात सुनाई, जो ख़ासी दिलचस्प है।

जब सफ़िया और नसीम ने सोने के लिए कमरे में प्रवेश किया, तो वहाँ एक ही पलंग था। सफ़िया ने इधर-उधर देखा और नसीम से कहा, "आप सो जाइए।"

नसीम मुस्कराई और पलंग पर नई चादर बिछाने लगी, "कपड़े तो बदल लें," यह कहकर उसने एक नया स्लीपिंग सूट निकाला, "यह तुम पहन लो—बिलकुल नया है।"

'बिलकुल नया' पर विशेष ज़ोर था, जिसका तात्पर्य मेरी बीवी समझ गई और कपड़े बदलकर बिस्तर पर लेट गई। नसीम ने सन्तोष से धीरे-धीरे अपना स्लीपिंग सूट पहना। चेहरे का मेकअप उतारा, तो सफ़िया ने आश्चर्यचकित होकर कहा, "हाय, तुम कितनी पीली हो, नसीम!"

नसीम के फीके होंठों पर मुस्कराहट खेल गई, "यह सब मेकअप की करामात है!"

मेकअप उतारने के बाद उसने चेहरे पर विभिन्न प्रकार के तेल मले और हाथ धोकर कुरान उठाया और पढ़ना शुरू कर दिया। मेरी बीवी बहुत प्रभावित हुई। अकस्मात उसके मुँह से निकला, "नसीम!...ख़ुदा की क़सम, तुम तो हम लोगों से कहीं अच्छी हो!"

इस एहसास से कि यह बात उसने ढंग से नहीं कही, सफ़िया एकदम ख़ामोश हो गई।

कुरान का पाठ करने के बाद नसीम सो गई—अप्सरा नसीम—'पुकार' की नूरजहाँ, हुस्न की मलिका, सौन्दर्य की रानी, अहसान की रोशनी, छमियाँ की बेटी और दो बच्चों की माँ!

अशोक कुमार

नजमुलहसन जब देविकारानी को ले उड़ा, तो बम्बई टॉकीज में अराजकता फैल गई। फ़िल्म का श्रीगणेश हो चुका था। कुछ दृश्यों की शूटिंग भी सम्पन्न हो चुकी थी कि नजमुलहसन अपनी हीरोइन को सेलोलाइड की दुनिया से खींचकर वास्तविकता के संसार में ले गया। बम्बई टॉकीज में सबसे अधिक चिन्तित हिमांशु राय था—देविकारानी का पति और बम्बई टॉकीज का 'रहस्यमय दिल व दिमाग़', जिसे अंग्रेज़ी में 'ब्रेन बिहाइंड' कहते हैं।

एस. मुखर्जी—जुब्लीमेकर फ़िल्म-निर्माता (अशोक कुमार के बहनोई) इन दिनों बम्बई टॉकीज में मिस्टर सावक वाचा, साउंड इंजीनियर, के असिस्टेंट थे। केवल बंगाली होने के नाते उन्हें हिमांशु राय से सहानुभूति थी। वह चाहते थे कि किसी-न-किसी तरह देविकारानी वापस आ जाए। अत: उन्होंने अपने आका हिमांशु राय से परामर्श किए बिना ही अपने तौर पर कोशिश की और अपनी विशेष तिकड़मों और चालाकी से देविकारानी को तैयार कर लिया कि वह कलकत्ता में अपने आशिक नजमुलहसन की आग़ोश छोड़कर वापस बम्बई टॉकीज की गोद में चली आए, जिसमें उसके व्यक्तित्व के विकास और जौहर के पनपने की पूरी गुंजाइश थी।

देविकारानी वापस आ गई। एस. मुखर्जी ने अपने भावुक मालिक हिमांशु राय को भी अपने टैक्ट से तैयार कर लिया कि वह देविकारानी को ग्रहण कर

लें। और बेचारा नजमुलहसन हम-जैसे उन असफल आशिकों की सूची में शामिल हो गया, जिनको राजनीतिक, धार्मिक और पूँजीवादी तिकड़मों और हस्तक्षेपों ने अपनी प्रेमिकाओं से जुदा कर दिया था।

अर्द्ध-निर्मित, अपूर्ण फ़िल्म से नजमुलहसन को कैंची से काटकर रद्दी की टोकरी में फेंक तो दिया गया, मगर अब यह सवाल सामने था कि इश्क़बाज देविकारानी के लिए सेलोलाइड का हीरो कौन हो?

हिमांशु राय एक अत्यन्त परिश्रमी और दूसरों से अलग-थलग रहकर ख़ामोशी से अपने काम में रात-दिन व्यस्त रहनेवाले फ़िल्म-निर्माता थे। उन्होंने बम्बई टॉकीज की नींव कुछ इस तरह डाली थी कि वह एक आदर्श चलचित्र-निर्माण-गृह प्रतीत हो। यही कारण है कि उन्होंने बम्बई नगर से दूर एक स्थान मलाड को अपनी फ़िल्म कम्पनी के लिए चुना था। वह बाहर का आदमी नहीं चाहते थे, इसलिए कि बाहर के आदमियों के सम्बन्ध में उनकी राय अच्छी नहीं थी। (नजमुलहसन भी बाहर का आदमी था।)

यहाँ फिर एस. मुखर्जी ने अपने भावुक मालिक की मदद की। उनका साला अशोक कुमार बी. एस-सी. पास करके, एक बरस कलकत्ता में वकालत पढ़ने के बाद बम्बई टॉकीज की लेबोरेटरी में बिना वेतन के काम सीख रहा था। नाक-नक्श अच्छे थे, थोड़ा-बहुत गा-बजा भी लेता था। अतः मुखर्जी ने प्रासंगिक वार्ता के बीच हीरो के लिए उसका नाम लिया। हिमांशु राय का सारा जीवन अनुभवों से परिपूर्ण था। उन्होंने कहा, "देख लेते हैं।" जर्मन कैमरामैन वरशिंग ने अशोक का टेस्ट लिया। हिमांशु राय ने देखा और पास कर दिया। जर्मन फ़िल्म डायरेक्टर फ्रांज़ ऑस्टिन की राय इसके विपरीत थी। मगर बम्बई टॉकीज में किसकी मजाल कि हिमांशु राय की राय के विरुद्ध मत प्रकट कर सके! अतः अशोक कुमार गांगुली, जो उन दिनों बाईस बरस का युवक होगा, देविकारानी का हीरो निर्वाचित हो गया।

एक फ़िल्म बनी, दो फ़िल्में बनीं—कई फ़िल्में बनीं और देविकारानी और अशोक कुमार का अटूट फ़िल्मी जोड़ा बन गया। इन फ़िल्मों में से अधिकांश

बहुत सफल हुईं। गुड़िया-सी देविकारानी और बड़ा ही हार्मलेस (मासूम) अशोक कुमार, दोनों सेलोलाइड पर जब साथ-साथ आते, तो बहुत ही प्यारे लगते। मासूम अदाएँ, अल्हड़ जवानी और अहिंसक ढंग का प्रेम—लोगों को, जो हमलावर इश्क़ और अतिक्रमण करनेवाला प्रेम करने और देखने के शौकीन थे, यह नरम और नाज़ुक और लचकीला इश्क़ बहुत पसन्द आया और ऐसे लोगों के हृदय में अशोक व देविकारानी का फ़िल्मी जोड़ा घर कर गया। स्कूलों और कॉलेजों में छात्राओं का आयडियल अशोक कुमार था और कॉलेजों के लड़के लम्बी और खुली आस्तीनों वाले लम्बे बंगाली कुरते पहनकर गाते फिरते थे :

तू बन की चिड़िया मैं बन का पंछी
बन-बन बोलूँ रे...

मैंने अशोक की कई फ़िल्म देखीं। देविकारानी, जहाँ तक कलाकारी का सम्बन्ध है, उसकी तुलना में मीलों आगे थी और हीरो के रूप में अशोक ऐसा प्रतीत होता था कि चॉकलेट का बना है। मगर धीरे-धीरे उसने परपुरजे निकाले और बंगाल के आदर्श अफीमी इश्क़ की पिनक से जाग्रत होने लगा।

अशोक जब लेबोरेटरी की चिलमन से बाहर निकलकर सिलवर स्क्रीन पर आया, तो उसका वेतन 75 रुपये निश्चित हुआ। अशोक बहुत प्रसन्न था—उन दिनों अकेली जान के लिए, वह भी शहर से दूर एक गाँव, मलाड में, इतने रुपये पर्याप्त थे। अब उसकी तनख़्वाह एकदम दूनी हो गई—यानी 150 रुपये माहवार, तो वह और भी अधिक प्रसन्न हुआ। लेकिन जब डेढ़ सौ के ढाई सौ हुए, तो वह घबरा गया। उसने मुझे अपनी उस समय की विचित्र स्थिति का विवरण सुनाते हुए बतलाया, "बाई गॉड, मेरी हालत अजीब थी! ढाई सौ रुपये! मैंने खजांची से रुपये लिये, तो मेरा हाथ काँपने लगा। समझ में नहीं आता था कि इतने रुपये कहाँ रखूँगा? मेरा घर था एक छोटा-सा क्वार्टर। एक चारपाई थी, दो-तीन कुरसियाँ। चारों ओर जंगल। रात को अगर कोई चोर आ जाए—अर्थात् यदि उसको मालूम हो जाए कि मेरे पास ढाई सौ रुपये हैं, तो क्या हो? मैं एक अजीब चक्कर में पड़ गया। चोरी-डकैती से मेरी जान जाती थी। घर आकर

बहुत स्कीमें बनाईं। अन्त में यह किया कि वे नोट चारपाई के नीचे बिछी हुई दरी में छिपा दिये। सारी रात बड़े डरावने-भयंकर सपने आते रहे। सुबह उठकर मैंने पहला काम यह किया कि वे नोट उठाकर डाकख़ाने में जमा करा दिये।"

अशोक मुझे यह बात अपने मकान पर सुना ही रहा था कि कलकत्ता का एक फ़िल्म-निर्माता उससे मिलने आया। कंट्रैक्ट तैयार था। मगर अशोक ने उस पर हस्ताक्षर नहीं किए। वह अस्सी हज़ार रुपये देता था और अशोक कुमार की माँग पूरे एक लाख की थी—कहाँ ढाई सौ रुपये और कहाँ एक लाख!

अशोक की लोकप्रियता दिनोंदिन बढ़ती चली गई। चूँकि वह बाहर बहुत ही कम निकलता था और अलग-थलग रहता था, इसलिए जब लोग कहीं उसकी झलक देख पाते, तो एक हंगामा-सा पैदा हो जाता था। चलता ट्रैफिक बन्द हो जाता था। उसके चाहनेवालों के ठट्ठ लग जाते थे और अकसर ऐसे मौक़ों पर पुलिस को डंडे के ज़ोर से उसे भीड़ की असीम श्रद्धा से मुक्ति दिलानी पड़ती थी।

अशोक अपने श्रद्धालुओं और प्रेमियों की श्रद्धा और प्रेम को स्वीकार तथा सहन करने के मामले में बहुत ही जलील साबित हुआ है। फ़ौरन ही चिढ़ जाता है, जैसे किसी ने गाली दी हो। मैंने उससे कई बार कहा, "दादामणी, तुम्हारी यह हरकत बड़ी वाहियात है। ख़ुश होने के बजाय तुम नाराज़ होते हो! क्या तुम इतना भी नहीं समझते हो कि ये लोग तुमसे मुहब्बत करते हैं?"

मगर यह बात समझने के लिए शायद उसके दिमाग़ में कोई ऐसा खाना नहीं है।

मुहब्बत से वह बिलकुल अछूता और प्रेम से क़तई अनभिज्ञ है। (यह देश विभाजन से पहले तक की बात है। इस बीच उसमें क्या और कितने परिवर्तन हुए हैं, इनके सम्बन्ध में मैं कुछ नहीं कह सकता)। सैकड़ों हसीन और सुन्दर लड़कियाँ उसके जीवन में आईं, मगर वह अत्यन्त रूखे अन्दाज़ में उनके साथ पेश आया। तबीयत के लिहाज से वह एक ठेठ जाट है। उसके खान-पान और रहन-सहन तथा आचार-व्यवहार में एक विचित्र प्रकार का गँवारपन है।

देविकारानी ने उससे प्रेम करना चाहा, मगर उसने बड़े असभ्य तरीक़े से उसकी आशाओं और प्रयत्नों को ख़ाक में मिला दिया। एक अन्य अभिनेत्री ने साहस से काम लेकर अशोक को अपने घर बुलाया और बड़े ही नरम और नाज़ुक तरीक़े से उस पर अपने प्रेम और मुहब्बत को प्रकट किया। लेकिन जब अशोक ने बड़े भोंडेपन से उसका दिल तोड़ा, तो उस ग़रीब को पैंतरा बदलकर कहना पड़ा, "मैं आपकी परीक्षा ले रही थी, आप तो मेरे भाई हैं!"

अशोक को इस ऐक्ट्रेस का शरीर पसन्द था। हर समय धुली-धुली, निखरी-निखरी रहती थी। उसकी यह अदा अशोक को बहुत भाती थी। अत: जब उसने कलाबाज़ी लगाकर उसको अपना भाई बना लिया, तो अशोक को काफ़ी कोफ़्त हुई।

अशोक पेशेवर आशिक़ नहीं, लेकिन ताक-झाँक का मर्ज उसको साधारण मर्दों का-सा है। महिलाओं की आकर्षक और आमंत्रण देनेवाली वस्तुओं को ध्यान से देखता है और उनके सम्बन्ध में अपने मित्रों से बातें भी करता है। कभी-कभी किसी नारी से शारीरिक सम्बन्ध स्थापित करने की आवश्यकता भी अनुभव करता है, मगर उसके अपने शब्दों में, "मंटो यार, हिम्मत नहीं पड़ती!"

साहस के मामले में वह वास्तव में बहुत बोदा है। किन्तु यह बोदापन उसके वैवाहिक जीवन के लिए बहुत ही शुभ है। उसकी पत्नी शोभा से अगर उसकी इस कमज़ोरी का ज़िक्र किया जाए, तो वह निस्सन्देह कह उठेगी, "ईश्वर की कृपा है कि गांगुली में ऐसा साहस नहीं और ईश्वर करे, यह हिम्मत उसमें कभी पैदा न हो!"

मुझे आश्चर्य है कि उसमें यह हिम्मत और साहस क्यों उत्पन्न न हुआ, जबकि सैकड़ों लड़कियों ने साहस से काम लेकर, लोक-लज्जा और नैतिकता को कब्र में गाड़कर, उसको इश्क़ की आग में कूदने का निमंत्रण दिया? उसकी निजी एवं व्यक्तिगत डाक में हज़ारों औरतों के इश्क़ और मुहब्बत से भरे प्रेमपूर्ण पत्र आए होंगे। मगर जहाँ तक मैं जानता हूँ, पत्रों के इस ढेर में से उसने शायद एक सौ भी ख़त नहीं पढ़े—ख़त आते हैं, उसका मरियल सेक्रेटरी डी सूज़ा उन्हें मज़े ले-लेकर पढ़ता है और दिनोंदिन और मरियल होता जाता है!

देश-विभाजन से कुछ मास पूर्व अशोक फ़िल्म 'चन्द्रशेखर' के सिलसिले में कलकत्ता में था। हसन शहीद सुहरावर्दी (तब बंगाल के प्रधानमंत्री) के यहाँ से सोलह मिलीमीटर फ़िल्म देखने के बाद अपने डेरे पर लौट रहा था कि रास्ते में दो ख़ूबसूरत एंग्लो-इंडियन लड़कियों ने उसकी मोटर रोकी और लिफ्ट चाही। अशोक ने कुछ मिनट की यह अय्याशी तो कर ली, मगर उसे अपने नये सिगरेट-केस से हाथ धोने पड़े। एक लड़की, जो शोख और अल्हड़ थी, सिगरेट के साथ सिगरेट-केस भी ले उड़ी। इस घटना के बाद अशोक ने कई बार सोचा कि उन छोकरियों से सम्पर्क बढ़ाया जाए और सम्पर्क बढ़ाकर सम्बन्ध (?) स्थापित किया जाए। बात मामूली थी, मगर उसकी हिम्मत न पड़ी।

कोल्हापुर में एक तलवार-ढाल और खंजर के क़िस्म की भारी-भरकम, ऊटपटाँग, जंगली फ़िल्म बन रही थी। अशोक का थोड़ा-सा काम शेष रह गया। वहाँ से कई बुलावे आए, मगर वह न गया। उसका मन उस रोल से बहुत रुष्ट था, जो उसे अदा करने के लिए दिया गया था। मगर कंट्रैक्ट था। आख़िर एक रोज़ उसे जाना ही पड़ा। साथ में मुझे भी ले गया। उन दिनों मैं फ़िल्मिस्तान के लिए 'आठ दिन' नामक फ़िल्म लिख रहा था। चूँकि यह फ़िल्म उसे प्रोड्यूस और डायरेक्ट करना था, इसलिए उसने कहा, "चलो, यार! वहाँ आराम से काम करेंगे।"

मगर आराम कहाँ—वह तो हराम था! लोगों को तत्काल मालूम हो गया कि अशोक कुमार कोल्हापुर आया है। परिणामस्वरूप उस होटल के आसपास, जहाँ हम ठहरे थे, दर्शनाभिलाषी एकत्रित होने शुरू हो गए। होटल का मालिक होशियार था। किसी-न-किसी बहाने वह इन लोगों को हटा देता। लेकिन फिर भी कुछ चिपकदार तरह के लोग होटल में आते-जाते रहते और अपने प्रिय ऐक्टर के दर्शन कर ही लेते।

अपने प्रेमियों और श्रद्धालुओं के साथ, जैसा कि मैं पहले कह चुका हूँ, वह बहुत ही अल्हड़ प्रकार का व्यवहार करता रहा। मुझे ज्ञात नहीं उसकी प्रतिक्रिया क्या थी, मगर एक दर्शक के रूप में मुझे भी सख़्त कोफ़्त होती थी।

एक शाम हम दोनों सैर को निकले। अशोक 'केमोफ़्लाज़' किए था। आँखों पर चौड़ा-चकला गहरे रंग का चश्मा, एक हाथ में छड़ी, दूसरे हाथ में मेरा कन्धा, ताकि आवश्यकतानुसार मुझे आगे-पीछे कर सके। इसी प्रकार हम एक स्टोर में पहुँचे। अशोक को कोल्हापुर के धूल-धक्कड़ के प्रभाव से बचने के लिए कोई दवा ख़रीदनी थी। जब उसने स्टोरवाले से दवा माँगी, तो उसने उचाट दृष्टि से अपने ग्राहक की ओर देखा और आलमारी की ओर बढ़ा। लेकिन तत्काल ही बम की तरह फटा और मुड़कर अशोक से बोला, "आप कौन हैं?"

अशोक ने उत्तर दिया, "मैं कौन हूँ? —मैं वही हूँ, जो मैं हूँ!"

स्टोरवाले ने ध्यान से अशोक के चश्मा पहने चेहरे की ओर देखा, "आप अशोक कुमार हैं?"

अशोक ने बड़े ही हृदयविदारक लहजे में कहा, "अशोक कुमार कोई और होगा—चलो, मंटो!"

यह कहकर उसने मेरे कन्धे पर हाथ रखा और दवा खरीदे बिना ही हम दोनों स्टोर से बाहर थे। होटल का मोड़ मुड़ने लगे, तो सामने तीन मराठी लड़कियाँ आईं। बहुत साफ़-सुथरी, गोरी-चिट्टी, माथों पर कुमकुम, बालों में फूलों के गजरे, पैरों में हल्की चप्पल। उनमें से एक, जिसके हाथों में मोसंबियाँ थीं, अशोक को देखकर ज़ोर से काँपी और भिंची हुई आवाज़ में उसने अपनी सहेलियों से कहा, "अशोक!" और उसके हाथों की सारी मोसंबियाँ सड़क पर गिर पड़ीं। अशोक ने मेरा कन्धा छोड़ा और भाग गया!

अशोक से मेरी पिछली मुलाक़ात फ़िल्मिस्तान में हुई, जब एस. मुखर्जी की पूरी टीम ने बम्बई टॉकीज छोड़कर अपनी नई फ़िल्मी संस्था स्थापित कर ली थी। यों तो मैंने कई बार उसकी झलकियाँ देखी थीं, किन्तु उससे कायदे की भेंट फ़िल्मिस्तान ही में हुई, जब मैं वहाँ नौकर हो गया।

फ़िल्मी दुनिया की हर शख़्सियत परदे पर कुछ और परदे से कुछ दूर और ही होती है। अशोक को जब मैंने पहली बार समीप से देखा, तो वह परदे के अशोक से बहुत भिन्न था। गहरा साँवला रंग, मोटे और खुरदुरे हाथ, मज़बूत कसरती ज़िस्म, कुछ गँवारपन की बू लिये बातचीत करने का लहजा,

उखड़ी-उखड़ी-सी अस्वाभाविक शिष्टता! परिचय कराया गया, तो मैंने उससे कहा, "आपसे मिलकर बड़ी प्रसन्नता हुई है।"

अशोक ने इसके उत्तर में जो कुछ कहा, वह मोटे-मोटे शब्दों पर आधारित था। ऐसा लगता था, जैसे वह ये शब्द रटे हुए है!

एक बार फ़िल्मिस्तान में एक सज्जन स्टूडियो में सैर-तफ़रीह करने के लिए आए। आपने बड़े प्रेम से अशोक से कहा, "मुझे ऐसा महसूस होता है कि इसके पूर्व भी श्रीमान से भेंट करने का अवसर मुझे प्राप्त हो चुका है।"

अशोक ने कुछ निरर्थक-सा उत्तर दिया और बाद में स्वयं उसे इस बात का एहसास भी हो गया।

अशोक को उर्दू बहुत अच्छी लगती है। शुरू-शुरू में उसने उर्दू में लिखना-पढ़ना आरम्भ किया, मगर अलिफ़-बे के 'क़ायदे' से आगे न बढ़ सका। फिर भी उसे चस्का अवश्य है। एक-दो पंक्तियाँ उर्दू में लिख लेता है। देश-विभाजन के बाद जब मैं उसे छोड़कर बम्बई टॉकीज से चला आया, तो उसने मुझे उर्दू में एक ख़त लिखा कि वापस आ जाओ। किन्तु खेद है कि मैं कई कारणों से उसका उत्तर न दे सका।

मेरी बीवी भी अन्य महिलाओं की भाँति अशोक कुमार से बहुत प्रभावित थी। इतना ही नहीं, वह उसके प्रशंसकों में से एक थी।

एक दिन मैं अशोक को अपने घर ले आया। कमरे में प्रवेश करते ही मैंने ज़ोर से आवाज़ दी, "सफ़िया! आओ! अशोक कुमार आया है!"

सफ़िया अन्दर रोटी पका रही थी। जब मैंने लगातार आवाज़ें दीं, तो वह बाहर निकली। मैंने अशोक से उसका परिचय कराया, "यह मेरी बीवी है, दादामणी—हाथ मिलाओ इससे!"

सफ़िया और अशोक दोनों झेंप गए। मैंने अशोक का हाथ पकड़ लिया, "हाथ मिलाओ, दादामणी! शरमाते क्यों हो?"

बाध्य होकर उसे हाथ मिलाना पड़ा। संयोगवश उस दिन कीमे की रोटियाँ तैयार की जा रही थीं। अशोक खाकर आया था। मगर जब खाने पर बैठा, तो तीन हड़प कर गया!

यह विचित्र बात है कि बम्बई में इसके बाद जब कभी हमारे यहाँ कीमे

की गोश्त-भरी रोटियाँ तैयार होतीं, अशोक किसी-न-किसी तरह अवश्य आ जाता। इसका स्पष्टीकरण अथवा विश्लेषण न मैं कर सकता हूँ, न अशोक। दाने-दाने पर मुहरवाला क़िस्सा मालूम होता है!

मैंने अभी-अभी अशोक को 'दादामणी' कहा है। बांग्ला में इसका अर्थ है—बड़ा भाई। अशोक से जब मेरी आत्मीयता बढ़ गई, तो उसने मुझे मजबूर किया कि मैं दादामणी ही कहा करूँ। मैंने उनसे कहा, "तुम बड़े कैसे हुए? हिसाब कर लो। मैं उम्र में तुमसे बड़ा हूँ!"

हिसाब किया गया, तो वह आयु में मुझसे दो माह और कुछ दिन बड़ा निकला। अतः अशोक को मिस्टर गांगुली के बजाय मुझे दादामणी कहना पड़ा। यह मुझे पसन्द भी था, क्योंकि इसमें बंगालियों की प्रिय मिठाई रसगुल्ले की मिठास और गोलाई थी। वह मुझे पहले मिस्टर मंटो कहता था। जब उससे दादामणी कहने का पैक्ट हुआ, तो वह मुझे सिर्फ़ मंटो कहने लगा, हालाँकि मुझे यह नापसन्द था।

परदे पर वह मुझे चॉकलेटी हीरो प्रतीत होता था। मगर जब मैंने उसको सेलोलाइड के खोल से बाहर देखा, तो वह एक कसरती आदमी था। उसके मुक्के में इतनी शक्ति थी कि दरवाज़े की लकड़ी में शिगाफ़ पड़ जाता था। घर पर वह हमेशा बॉक्सिंग का अभ्यास करता था। शिकार खेलने का शौक़ न था। सख़्त-से-सख़्त काम कर सकता था। अफ़सोस मुझे केवल इस बात का हुआ कि उसे साज-सज्जा से दिलचस्पी नहीं थी। वह यदि चाहता, तो उसका घर आकर्षक-से-आकर्षक साजो-सामान से सुसज्जित होता। लेकिन इस ओर वह कभी ध्यान देता ही न था, और यदि देता था, तो उसके परिणाम कुछ अच्छे नहीं होते थे। ब्रुश उठाकर स्वयं ही सारे फ़र्नीचर पर गहरा नीला पेंट थोप दिया या किसी सोफ़े की पुश्त तोड़कर उसे दीवान की भोंडी शक्ल में परिवर्तित कर दिया।

मकान समुद्र के एक गन्दे किनारे पर है। नमकीन पानी के छींटे बाहर की खिड़कियों को चाट रहे हैं। जगह-जगह लोहे के काम पर जंग की पपड़ियाँ जमी हैं। उनसे बड़ी उदासी फैलानेवाली बू आ रही है। मगर अशोक इन सब बातों से अनभिज्ञ है। रेफ्रीजेरेटर कॉरीडोर में पड़ा झक मार रहा है। उसके साथ

लगकर उसका ग्रांडियल अल्सेशियन कुत्ता सो रहा है। पास कमरे में बच्चे ऊधम मचा रहे हैं और अशोक ग़ुसलख़ाने के अन्दर पाट पर बैठा दीवारों पर हिसाब लगाकर देख रहा है कि रेस में कौन सा घोड़ा 'वन' आएगा अथवा डायलॉग का परचा हाथ में लिये उनकी अदायगी और उच्चारण पर सोच रहा है।

अशोक को पामिस्ट्री और ज्योतिष से विशेष दिलचस्पी है। यह विद्या उसने अपने पिता से सीखी है। कई पुस्तकें भी पढ़ी हैं। अवकाश के समय वह समय काटने के लिए अपने दोस्तों की जन्म-पत्रियाँ देखा करता है।

मेरे नक्षत्रों का अध्ययन करके उसने एक दिन मुझसे सरसरी तौर पर पूछा, "तुम विवाहित हो?"

मैंने उससे कहा, "तुम्हें नहीं मालूम?"

उसने कुछ देर ख़ामोश रहने के बाद कहा, "मैं जानता हूँ, परन्तु देखो मंटो, एक बात बताओ—नहीं, तुम्हारे तो अभी औलाद नहीं हुई?"

मैंने उससे पूछा, "बात क्या है? बताओ तो सही।"

उसने हिचकिचाते हुए कहा, "कुछ नहीं, जिन लोगों के नक्षत्रों की पोजीशन ऐसी होती है, उनकी पहली औलाद लड़का होती है, मगर वह जीवित नहीं रहती।"

अशोक को यह मालूम नहीं था कि मेरा लड़का एक साल का होकर मर गया था।

अशोक ने मुझे बाद में बताया कि उसका पहला बच्चा, जो लड़का था, मुर्दा पैदा हुआ था। उसने मुझसे कहा, "तुम्हारे और मेरे सितारों की स्थिति क़रीब-क़रीब एक जैसी है और यह कभी हो ही नहीं सकता कि जिन लोगों के नक्षत्रों की पोजीशन ऐसी हो, उनके यहाँ पहली सन्तान लड़का न हो और वह न मरे।"

अशोक को ज्योतिष की सत्यता पर पूरी आस्था है, बशर्ते कि हिसाब सही और दुरुस्त हो। वह कहा करता है, "जिस तरह एक पाई की कमीबेशी हिसाब में गड़बड़ कर देती है, उसी तरह सितारों के हिसाब में भी मामूली-सी ग़लती हमें कहीं-की-कहीं ले जाती है। यही वजह है कि प्रामाणिक रूप से कोई फल घोषित नहीं करना चाहिए, क्योंकि हो सकता है कि हमसे ग़लती हो गई हो।"

रेस के घोड़े के टिप हासिल करने में भी आमतौर पर अशोक इस ज्ञान से सहायता लेता है। घंटों बाथरूम में बैठा हिसाब लगाता रहता है। मगर पूरी रेस में सौ रुपये से अधिक उसने कभी नहीं खेला और यह विचित्र संयोग है कि वह हमेशा जीतता है, सौ के एक सौ दस हो गए, सौ-के-सौ ही रहे। मगर ऐसा कभी नहीं हुआ कि उसके सौ में से एक पाई कम हुई हो—वह रेस जीतने के लिए नहीं, केवल तफ़रीह के लिए खेलता है। उसकी हसीन और रूपवती बीवी शोभा हमेशा उसके साथ होती है। मेंबर्स एनक्लोजर में प्रवेश करते ही वह एक कोने में अलग-थलग बैठ जाता है। रेस आरम्भ होने के कुछ मिनट पूर्व अपनी श्रीमती को रुपये देता है कि अमुक-अमुक नम्बर के टिकट ले आओ। जब रेस समाप्त होती है, तो उसकी बीवी ही हमेशा खिड़की पर जाती है और जीतनेवाली टिकटों के रुपये वसूल करती है।

शोभा घरेलू महिला है। उसकी शिक्षा पर्याप्त है। अशोक मज़ाक़ में कहा करता है कि अनपढ़ है! उनका वैवाहिक जीवन बहुत सफल है। शोभा इतनी धन-सम्पत्ति होने के बावजूद काम-काज में व्यस्त रहती है। ठेठ बंगालियों की भाँति सूती धोती पहने, उसके पल्लू के एक कोने में चाबियों का बड़ा गुच्छा उड़से, वह हमेशा अपने घरेलू काम-धन्धे में व्यस्त नज़र आती है। शाम को जब कभी ह्विस्की का दौर चलता, तो गजक की वस्तुएँ शोभा अपने हाथ से तैयार करती थी। कभी नमकीन, कभी भुनी हुई दाल और कभी आलुओं के कतले।

मैं ज़रा ज़्यादा पीने का आदी था। इसलिए शोभा अशोक से कहती थी, "देखो, गांगुली! मिस्टर मंटो को ज़्यादा मत देना! मिसेज मंटो हमको बोलेंगी।"

श्रीमती मंटो और श्रीमती गांगुली दोनों सहेलियाँ थीं। इनसे हम दोनों बहुत काम निकालते थे। महायुद्ध के कारण अच्छी क्वालिटी की सिगरेट बाज़ार में उपलब्ध नहीं थी। जितनी भी बाहर से आती थी, सब-की-सब 'काला बाज़ार' में चली जाती थी। यों तो हम आमतौर पर इस ब्लैक मार्केट ही से अपने लिए सिगरेट प्राप्त करते थे, मगर जब किसी माध्यम से ठीक मूल्य पर कोई वस्तु मिल जाती, तो हम विचित्र प्रकार की प्रसन्नता अनुभव करते।

मिसेज गांगुली जब शॉपिंग करने निकलतीं, तो मेरी बीवी सफ़िया को कभी-कभी अपने साथ ले जातीं। क़रीब-क़रीब हर बड़े दुकानदार को मालूम था कि मिसेज गांगुली प्रसिद्ध अभिनेता अशोक कुमार की धर्मपत्नी हैं। परिणामस्वरूप उनकी माँग पर ब्लैक मार्केट की अँधेरी तहों में छिपी हुई चीज़ें बाहर निकल आती थीं।

अशोक ने अपनी ख्याति और लोकप्रियता से शायद ही लाभ उठाया। मगर दूसरे लोग कभी-कभी उसके अनजाने ही उसके नाम से अपना उल्लू सीधा कर लेते थे। राजा मेहदी अली ख़ाँ ने एक बार बड़े ही दिलचस्प अन्दाज़ और तरीके से अपना उल्लू सीधा किया।

राजा मेहदी अली ख़ाँ फ़िल्मिस्तान में नौकर थे। मैं फ़िल्मिस्तान छोड़कर वलीसाहब के लिए एक कहानी लिख रहा था। एक रोज़ मुझे टेलीफ़ोन पर अशोक के सेक्रेटरी ने बताया कि राजा साहब बीमार हैं। मैं वहाँ पहुँचा, तो देखा कि हज़रत की बहुत बुरी हालत है। गला इस कदर ख़राब है कि आवाज़ ही नहीं निकलती। कमज़ोरी की यह हालत है कि सहारा देकर भी उठा नहीं जाता। और आप नमकीन पानी के कुल्लों और ओरिएंटल बाम की मालिश से अपना मर्ज़ दूर भगाने का प्रयत्न कर रहे हैं। मुझे सन्देह-सा हुआ कि कहीं डिप्थीरिया न हो। अतः मैंने उन्हें तत्काल ही लादा और अशोक को टेलीफ़ोन किया। उसने मुझे अपने एक परिचित डाक्टर का नाम बतलाया कि वहाँ ले जाओ। मैं राजा साहब को वहाँ ले गया। परीक्षा के बाद मालूम हुआ कि वास्तव में वही मूजी मर्ज़ है। डाक्टर साहब के आदेशानुसार मैंने फ़ौरन ही उन्हें छूत की बीमारियों के अस्पताल में दाख़िल करा दिया। इंजेक्शन आदि दिये गए। दूसरे दिन सुबह मैंने अशोक को टेलीफ़ोन पर राजा के रोग की सूचना दी। जब उसने कोई चिन्ता प्रकट नहीं की, तो मुझे क्रोध आ गया कि तुम कैसे इनसान हो? एक आदमी ऐसे भयानक रोग में फँसा है, बेचारे की यहाँ कोई देखभाल करता नहीं और तुम कोई दिलचस्पी ही नहीं ले रहे!

अशोक ने उत्तर में केवल इतना कहा, "आज शाम को चलेंगे उसके पास।"

टेलीफ़ोन बन्द करके मैं अस्पताल पहुँचा और देखा कि राजा की हालत पहले की अपेक्षा तनिक अच्छी है। डाक्टर ने जो टीके कहे थे, वे मैं

ले आया था—यह उसके हवाले करके और सान्त्वना देकर मैं अपने काम पर चला गया।

शाम को अशोक ने मुझे वली के दफ़्तर में पकड़ लिया। मैं नाराज़ था, उसने मुझे राजी कर लिया। मोटर में अस्पताल पहुँचे। अशोक ने राजा से खेद प्रकट किया कि वह अत्यधिक व्यस्त था। इधर-उधर की बातें हुईं। इसके बाद अशोक मुझे घर छोड़कर चला गया।

दूसरे दिन अस्पताल पहुँचा, तो क्या देखता हूँ कि राजा राजा बना बैठा है। बिस्तर की चादर उजली, तकिये का गिलाफ उजला, सिगरेट की डिबिया, पान, सिरहाने की खिड़की पर फूलदान। टाँग-पर-टाँग रखे, अस्पताल का साफ़-सुथरा जोड़ा पहने, बड़े अय्याशाना तौर पर अख़बार पढ़ रहा था। मैंने आश्चर्यपूर्ण स्वर में उससे पूछा, "क्यों, राजा, यह सब क्या?"

राजा मुस्कराया। उसकी बड़ी-बड़ी मूँछें थर्राईं, "यह तो कुछ भी नहीं—अभी और देखना!"

मैंने पूछा, "क्या!"

"अय्याशी के सामान! कुछ रोज़ मैं यहाँ और रहा, तो तुम देखोगे कि पासवाले कमरे में मेरा हरमसरा होना। ख़ुदा जीता रखे मेरे अशोक कुमार को! बताओ, वह क्यों नहीं आया?"

थोड़ी देर के बाद राजा ने बताया कि यह सब अशोक की कृपा का परिणाम है। अस्पताल वालों को पता चल गया कि अशोक उसकी हालत देखने अस्पताल आया था। इसलिए हर छोटा-बड़ा राजा के पास आया। हर एक ने उससे एक ही तरह के कई प्रश्न किए :

—क्या अशोक वास्तव में उसकी बीमारी का हाल जानने आया था?

—अशोक से उसके क्या सम्बन्ध हैं?

—क्या वह फिर आएगा?

—कब और किस समय आएगा?

राजा ने इन सब उत्सुक लोगों को बताया कि अशोक उसका बहुत ही गहरा दोस्त और घनिष्ठ मित्र है। उसके लिए अपनी जान तक देने को तैयार है। वह अस्पताल में उसके साथ ही रहने को तैयार था, मगर डॉक्टर न माने।

वह नित्य सुबह-शाम आता, लेकिन सिनेमा के कुछ कंट्रैक्ट ऐसे हैं कि मजबूरी है। आज शाम को ज़रूर आएगा।

इसका परिणाम यह हुआ कि ख़ैराती अस्पताल के ख़ैराती कमरे में उसको हर प्रकार की सुविधा उपलब्ध थी।

समय समाप्त होने पर मैं जाने ही वाला था कि मेडिकल कॉलेज की लड़कियों के एक गिरोह ने प्रवेश किया। राजा मुस्कराया।

"ख्वाजा! हरमसरा के लिए यह साथवाला कमरा, मेरा ख़याल है, छोटा रहेगा!"

अशोक बहुत अच्छा ऐक्टर है। किन्तु वह अपनी जान-पहचान के, खुले दिल के लोगों के साथ मिलकर ही पूरी तन्मयता से काम कर सकता है। यही कारण है कि उन फ़िल्मों में उसका काम सन्तोषप्रद नहीं है, जो उसकी टीम ने नहीं बनाईं। अपने लोगों में हो, तो वह खुलकर काम करता है, टेक्नीशियनों को परामर्श देता है, उनके सुझाव स्वीकार करता है, अपनी ऐक्टिंग के बारे में लोगों से पूछताछ करता है, एक सीन को विभिन्न रूपों में अदा करके स्वयं परखता है और दूसरों की राय लेता है। इस वातावरण से यदि कोई उसे बाहर ले जाता है, तो वह बहुत उलझन महसूस करता है।

शिक्षित होने और बम्बई टॉकीज जैसी उच्चकोटि की फ़िल्मी संस्था के साथ कई वर्षों तक सम्बन्ध रहने की वजह से अशोक को फ़िल्म-उद्योग के हर विभाग की जानकारी प्राप्त हो गई थी। वह कैमरे की बारीकियाँ जानता था, लेबोरेटरी की पेचीदा समस्याएँ समझता था, एडिटिंग का व्यावहारिक अनुभव रखता था और डायरेक्शन की गहराइयों का भी अध्ययन कर चुका था। फ़िल्मिस्तान में जब उससे रायबहादुर चुन्नीलाल ने एक फ़िल्म प्रोड्यूस करने के लिए कहा, तो वह फ़ौरन तैयार हो गया।

उन दिनों फ़िल्मिस्तान की प्रोपेगेंडा फ़िल्म, 'शिकारी', पूरी हो चुकी थी। इसलिए मैं कई महीनों की लगातार मेहनत के बाद घर में छुट्टियों के मज़े ले रहा था। एक दिन सावक वाचा आए। इधर-उधर की बातें करने के बाद

कहने लगे, "सआदत! एक कहानी लिख दो गांगुली के लिए!" मेरी समझ में न आया कि सावक का क्या मतलब है। मैं फ़िल्मिस्तान में नौकर था और मेरा काम ही कहानियाँ लिखना था। गांगुली के लिए कहानी लिखवाने के लिए सावक की सिफ़ारिश की क्या आवश्यकता है? मुझसे वहाँ फ़िल्मिस्तान का कोई ज़िम्मेदार सदस्य भी कहता, तो मैं कहानी लिखना आरम्भ कर देता। किन्तु बाद में मुझे मालूम हुआ कि अशोक चूँकि फ़िल्म स्वयं प्रोड्यूस करना चाहता है, अत: उसकी इच्छा है कि मैं उसकी ख़्वाहिश के मुताबिक कोई अत्यन्त अछूती कहानी लिखूँ। वह स्वयं मेरे पास इसलिए न आया कि वह दूसरों से कई कहानियाँ सुन चुका था।

अन्तत: सावक के साथ समय निश्चित हुआ और हम सब सावक ही के साफ़-सुथरे फ़्लैट में जमा हुए। अशोक को कैसी कहानी चाहिए थी, यह ख़ुद उसको मालूम नहीं था, "बस, मंटो, ऐसी कहानी हो कि मजा आ जाए! इतना ध्यान रखो कि यह मेरी पहली फ़िल्म होगी!"

हम सबने मिलकर घंटों दिमाग़पच्ची की, मगर कुछ समझ में न आया।

दिन-भर के प्रयत्नों की असफलता की ग्लानि को दूर करने के लिए शाम को बाहर टेयर्स पर ब्रांडी का दौर शुरू हुआ। शराब के चुनाव में सावक वाचा बहुत ही अच्छी रुचि का मालिक है। ब्रांडी, चुनांचे, स्वाद और गुण में बहुत अच्छी थी। कंठ से उतरते ही आनन्द आ गया। सामने चर्च गेट स्टेशन था। नीचे बाज़ार में ख़ूब चहल-पहल थी। उधर बाज़ार के अन्तिम छोर पर समुद्र औंधे मुँह लेटा सुस्ता रहा था। बड़ी-बड़ी कीमती कारें सड़क की चमकीली सतह पर तैर रही थीं।...थोड़ी देर के बाद एक हाँफता हुआ सड़क कूटनेवाला इंजन अवतरित हुआ।...मैंने ऐसे ही सोचा...ख़ुदा मालूम कहाँ से यह विचार मेरे दिमाग़ में आ टपका कि यदि इस टेयर्स से कोई लड़की एक परचा गिराए इस नीयत से कि वह जिसके हाथ लगेगा वह उससे विवाह करेगी, तो क्या हो?...हो सकता है कि परचा किसी पेकार्ड मोटर में जा गिरे...और यह भी हो सकता है कि उड़ता-उड़ता सड़क कूटनेवाले इंजन के ड्राइवर के पास जा पहुँचे...सम्भव और असम्भव का, हो सकने का यह सिलसिला कितना लम्बा था और कितना दिलचस्प!

मैंने इसकी चर्चा अशोक और सावक से की। उनको लुत्फ़ आ गया और मज़ा लेने की ख़ातिर हमने ब्रांडी का एक और दौर चलाया और बेलगाम कल्पना की उड़ानें शुरू कर दीं। जब महफ़िल बरखास्त हुई, तो तय पाया कि कहानी की बुनियादें इसी विचार पर रखी जाएँ।

कहानी तैयार हो गई। मगर उसका रूप कुछ और था। सुन्दरी का लिखा हुआ परचा न रहा और न सड़क कूटनेवाला इंजन। पहले विचार था कि ट्रेजेडी होनी चाहिए, किन्तु अशोक चाहता था कि कॉमेडी हो—और वह भी बहुत तेज़ रफ़्तार! अतः दिमाग़ की सारी शक्तियाँ इसी ओर व्यय होने लगीं। कहानी पूरी हो गई तो अशोक को पसन्द आई। शूटिंग शुरू हो गई। इस फ़िल्म का एक-एक फ्रेम अशोक के निर्देशन में तैयार होने लगा। बहुत कम लोग जानते हैं कि 'आठ दिन' फ़िल्म आदि से अन्त तक अशोक ही के डायरेक्शन का परिणाम थी।

अशोक जितना अच्छा कलाकार है, उतना ही अच्छा निर्देशक भी है। इसका ज्ञान मुझे 'आठ दिन' की शूटिंग के दौरान हुआ। साधारण-से-साधारण दृश्य पर भी बहुत परिश्रम करता था। शूटिंग से एक दिन पहले वह मुझसे संशोधित सीन लेता और ग़ुसलख़ाने में बैठकर घंटों उसकी नोक-पलक पर विचार करता रहता। यह विचित्र बात है कि बाथरूम के अलावा और किसी जगह वह पूरी तन्मयता और लगन से विचारणीय समस्याओं पर ग़ौर नहीं कर सकता।

इस फ़िल्म में चार नये आदमी ऐक्टर के रूप में पेश हुए। राजा मेहदी अली खाँ, उपेन्द्रनाथ अश्क, महसन अब्दुल्ला (रहस्यमयी नैना के भूतपूर्व पति) और स्वयं मैं। तय यह भी हुआ था कि एस. मुखर्जी को भी एक रोल दिया जाएगा, किन्तु समय आने पर वह अपनी बात से फिर गए, इसलिए कि उनकी फ़िल्म 'चल-चल रे नौजवान' में कैमरा की दहशत के कारण मैंने काम करने से इनकार कर दिया था। मुखर्जी को बहाना हाथ आया—वास्तव में वह स्वयं कैमरा से भयभीत थे।

उनका रोल एक फ़ौजी का था। उसके लिए लिबास, पोशाक आदि सब तैयार थे। जब मुखर्जी ने इनकार किया, तो अशोक बहुत सिटपिटाया कि उनके स्थान पर किसे नियुक्त करे? कई दिन शूटिंग बन्द रही। रायबहादुर चुन्नीलाल जब लाल-पीले होने लगे, तो अशोक मेरे पास आया। मैं कुछ दृश्यों को दुबारा लिख रहा था। उसने मेज़ पर से मेरे काग़ज़ उठाकर एक ओर रखे और कहा, "चलो, मंटो!"

मैं उसके साथ चल पड़ा। मेरा ख़याल था कि वह मुझे नये गीत की धुन सुनवाने ले जा रहा है। मगर वह मुझे सैट पर ले गया और कहने लगा, "पागल का पार्ट तुम करोगे!"

मुझे ज्ञात था कि मुखर्जी इनकार कर चुका है और अशोक को इस विशेष रोल के लिए कोई आदमी नहीं मिल रहा। किन्तु यह मालूम नहीं था कि वह मुझसे कहेगा कि मैं यह रोल अदा कर दूँ। अत: मैंने उससे कहा, "पागल हुए हो?"

अशोक गम्भीर हो गया और मुझसे कहने लगा, "मंटो, तुम्हें यह रोल लेना ही पड़ेगा!"

राजा मेहदी अली ख़ाँ और उपेन्द्रनाथ अश्क ने भी आग्रह किया। राजा ने कहा, "तुमने मुझको अशोक का बहनोई बना दिया, हालाँकि मैं शरीफ आदमी कदापि इसके लिए तैयार न था, क्योंकि मैं अशोक का आदर करता हूँ। तुम पागल बन जाओगे, तो कौन-सी आफत आ जाएगी?"

इस पर मज़ाक़ शुरू हो गया और मज़ाक़-मज़ाक़ में सआदत हसन मंटो, पागल फ़्लाइट लेफ़्टिनेंट कृपाराम बन गए। कैमरा के सामने मेरी जो हालत हुई, उसको अल्लाह ही बेहतर जानता है!

फ़िल्म तैयार होकर प्रदर्शन के लिए पेश हुई, तो सफल सिद्ध हुई। आलोचकों ने उसे श्रेष्ठतम कॉमेडी घोषित किया। मैं और अशोक विशेष रूप से प्रसन्न थे और हमारा इरादा था कि अबकी कोई नई टाइप का फ़िल्म बनाएँगे। मगर ईश्वर को यह मंज़ूर नहीं था।

सावक वाचा 'आठ दिन' की शूटिंग के आरम्भिक दिनों ही में अपनी माँ के इलाज के सिलसिले में लन्दन चला गया था। वह जब वापस आया, तो

फ़िल्म-उद्योग में एक क्रान्ति उत्पन्न हो चुकी थी। कई कम्पनियों के दीवाले पिट गए थे—बम्बई टॉकीज की दशा भी चिन्ताजनक थी। स्वर्गीय हिमांशु राय के बाद देविकारानी कुछ वर्षों तक पतिविहीन रहने के पश्चात एक रूसी से वैवाहिक सम्बन्ध स्थापित करके फ़िल्मी दुनिया को त्याग चुकी थी। देविकारानी के बाद बम्बई टॉकीज पर कई बाहरी हमलावरों ने क़ब्ज़ा किया, मगर उसकी हालत सुधार न सके। आख़िर सावक वाचा लन्दन से वापस आए और साहस से काम लेकर बम्बई टॉकीज की व्यवस्था अशोक की सहायता से अपने हाथ में ले ली।

अशोक को फ़िल्मिस्तान छोड़ना पड़ा। इसी बीच लाहौर से मिस्टर मोती बी. गिडवानी ने टेलिग्राम द्वारा मुझे एक हज़ार रुपये मासिक का ऑफर दिया। मैं चला गया होता, मगर मुझे सावक की प्रतीक्षा थी। जब अशोक और वह, दोनों बम्बई टॉकीज में इकट्ठे हुए, तो मैं उनके साथ था। यह वह ज़माना था, जबकि अंग्रेज़ साम्राज्यवादी भारत-विभाजन की रफ कापियों पर नक्शे बना रहा था—फूस में आग की चिनगारी डालकर अंग्रेज़-जमालो अलग खड़ी होकर तमाशा देखने के लिए जगह बना रही थी!

मैंने जब बम्बई टॉकीज में क़दम रखा, तो हिन्दू-मुस्लिम दंगे आरम्भ हो चुके थे। जिस प्रकार क्रिकेट के मैचों में विकटें उड़ती हैं, बाउंड्रियाँ लगती हैं, उसी तरह इन दंगों में निरपराध लोगों के सिर उड़ते थे और बड़ी-बड़ी भयंकर आगें लगती थीं।

सावक वाचा ने बम्बई टॉकीज की चिन्ताजनक स्थिति का अच्छी तरह निरीक्षण कर लेने के बाद जब प्रबन्ध सँभाला, तो बहुत-सी कठिनाइयाँ उसके सम्मुख आ उपस्थित हुईं। अनावश्यक तत्त्वों को, जो धर्म की दृष्टि से हिन्दू थे, निकाल बाहर किया, तो काफ़ी गड़बड़ हुई। किन्तु जब उक्त शून्य को भरा गया, तो मुझे विदित हुआ कि कई प्रमुख पद मुसलमानों के पास हैं। मैं था। शाहिद लतीफ़ था। इस्मत चुग़ताई थी। कमाल अमरोहवी था। हसरत लखनवी था। नज़ीर अजमेरी, नाज़िम पानीपती और म्यूज़िक डायरेक्टर ग़ुलाम हैदर थे।

ये सब जमा हुए, तो हिन्दू कर्मचारियों में सावक वाचा और अशोक कुमार के विरुद्ध घृणा की भावनाएँ उत्पन्न हो गईं। मैंने अशोक से इसका उल्लेख किया, तो वह हँसने लगा, "मैं वाचा से कह दूँगा कि वह डाँट पिला दे।"

डाँट बताई गई तो उसका प्रभाव उलटा हुआ। वाचा को गुमनाम पत्र प्राप्त होने लगे कि यदि उसने अपने स्टूडियो से मुसलमानों को बाहर न निकाला, तो उसको आग लगा दी जाएगी। यह ख़त वाचा पढ़ता, तो आगबबूला हो जाता, "साले! मुझसे कहते हैं मैं ग़लती पर हूँ!...मैं ग़लती पर हूँ...मैं ग़लती पर हूँ...तो उनके बाप का क्या जाता है?...आग लगाएँ, तो मैं उन सबको उसमें झोंक दूँगा!"

अशोक का दिल व दिमाग़ साम्प्रदायिकता से बिलकुल पाक है। वह कभी इस तरह सोच ही नहीं सकता था, जिस तरह आग लगाने की धमकियाँ देनेवाले गुंडे सोचते थे। वह मुझसे हमेशा कहता, "मंटो! यह सब पागलपन है।...धीरे-धीरे दूर हो जाएगा।"

लेकिन धीरे-धीरे दूर होने के बजाय यह पागलपन बढ़ता ही चला जा रहा था...और मैं स्वयं को अपराधी अनुभव करता था, इसलिए कि अशोक और वाचा मेरे दोस्त थे, वे मुझसे परामर्श लेते थे, इसलिए कि उनको मेरी नेकनीयती पर भरोसा था। किन्तु मेरी यह नेकनीयती मेरे भीतर सिकुड़ रही थी...मैं सोचता था, यदि बम्बई टॉकीज को कुछ हो गया, तो मैं अशोक और वाचा को क्या मुँह दिखलाऊँगा?

साम्प्रदायिक उपद्रव ज़ोरों पर थे। एक दिन मैं और अशोक बम्बई टॉकीज से वापस आ रहे थे। रास्ते में देर तक उसके घर बैठे रहे। शाम को उसने कहा, "चलो, मैं तुम्हें छोड़ आऊँ।"

शॉर्टकट की ख़ातिर वह मोटर को एक ख़ालिस मुस्लिम मुहल्ले में ले गया।...सामने से एक बारात आ रही थी। जब मैंने बैंड की आवाज़ सुनी, तो मेरे होश-हवास गुम हो गए। एकदम अशोक का हाथ पकड़कर मैं चिल्लाया, "दादामणी! यह तुम किधर आ निकले?"

अशोक मेरा मतलब समझ गया। मुस्कराकर उसने कहा, "कोई चिन्ता न करो।"

मैं चिन्ता क्यों न करता? मोटर ऐसे इस्लामी मुहल्ले में थी, जहाँ से किसी हिन्दू का आना-जाना हो ही नहीं सकता था। अशोक को कौन नहीं पहचानता था कि वह हिन्दू है—एक बहुत बड़ा हिन्दू—जिसकी हत्या महत्त्वपूर्ण थी!... मुझको अरबी भाषा में कोई दुआ याद नहीं थी। कुरानशरीफ की कोई उपयुक्त आयत भी नहीं आती थी। मन-ही-मन मैं अपने ऊपर लानतें भेज रहा था और धड़कते हुए दिल से अपनी ज़बान में अनोखी-सी दुआ माँग रहा था कि—ऐ ख़ुदा! मेरी इज़्ज़त बचाना...ऐसा न हो कि कोई मुसलमान अशोक को मार दे और मैं सारी उम्र उसका ख़ून अपनी गरदन पर महसूस करता रहूँ। यह गरदन क़ौम की नहीं, मेरी अपनी गरदन थी, मगर यह ऐसी जलील हरकत के लिए दूसरी जाति के सामने शरम और रंज के कारण झुकना नहीं चाहती।

जब मोटर बारात के जुलूस के पास पहुँची, तो लोगों ने चिल्लाना आरम्भ कर दिया—अशोक कुमार!...अशोक कुमार!

मैं बिलकुल नर्वस हो गया। अशोक स्टीयरिंग पर हाथ रखे ख़ामोश था। मैं आतंक और भय के संकुचित दायरे से बाहर निकलकर जनसमूह से यह कहनेवाला था कि "देखो, होश की बात करो! मैं मुसलमान हूँ, यह मुझे मेरे घर छोड़ने जा रहा है..." कि दो नवयुवकों ने आगे बढ़कर बड़े आराम से कहा, "अशोक भाई! आगे रास्ता नहीं मिलेगा, इधर बाजू की गली से चले जाओ।"

अशोक भाई! अशोक उनका भाई था! और मैं कौन था?...मैंने अपने पहनावे की ओर देखा, जो खादी का था...मालूम नहीं, उन्होंने मुझे क्या समझा होगा। मगर हो सकता है कि उन्होंने अशोक की मौजूदगी में मुझे देखा ही न हो।

मोटर जब इस्लामी महल्ले से निकली, तो मेरी जान-में-जान आई। मैंने अल्लाह का शुक्र अदा किया, तो अशोक हँसा, "तुम बेकार ही घबरा गए—आर्टिस्टों को ये लोग कुछ नहीं कहा करते।"

कुछ दिन बाद बम्बई टॉकीज में नज़ीर अजमेरी की कहानी (जिस पर 'मजबूर' के नाम से बन रही फ़िल्म बन्द हुई) पर मैंने बड़ी नुक्ताचीनी की और उसमें कुछ परिवर्तन करने चाहे, तो नज़ीर अजमेरी ने अशोक और वाचा

से कहा, "मंटो को आप ऐसी बहसों और वाद-विवाद के दौरान न बिठाया करें। वह चूँकि ख़ुद कहानी-लेखक है, इसलिए ईर्ष्या करता है।"

मैंने बहुत विचार किया। कुछ समझ में न आया। अन्त में मैंने अपने आपसे कहा, "मंटो भाई! आगे रास्ता नहीं मिलेगा! कार-मोटर रोक लो, इधर बाजू की गली से चले जाओ!"

और मैं चुपचाप बाजू की गली से पाकिस्तान चला आया, जहाँ मेरी कहानी, 'ठंडा गोश्त' पर अदालत में मुकदमा चलाया गया।

कुलदीप कौर

यह उस प्रसिद्ध अभिनेत्री का नाम है, जो भारत की कई फ़िल्मों में आ चुकी है और आपने अवश्य ही उसे सिनेमा के परदे पर कई बार देखा होगा। मैं जब भी उसका नाम किसी फ़िल्म के विज्ञापन में देखता हूँ, मेरी कल्पना में उसकी पूरी शक्ल बाद में, किन्तु सबसे पहले उसकी नाक उभरती है—तीखी, बहुत तीखी नाक! और फिर मुझे बम्बई टॉकीज की वह दिलचस्प घटना याद आ जाती है, जो मैं अभी बयान करनेवाला हूँ।

देश-विभाजन पर जब पंजाब में दंगे शुरू हुए, तो कुलदीप कौर, जो लाहौर में थी और वहाँ फ़िल्मों में काम कर रही थी, पलायन करके बम्बई चली आई। उसके साथ उसका 'प्रेमी' प्राण भी था, जो पंचोली की कई फ़िल्मों में काम करके ख्याति प्राप्त कर चुका था।

अब प्राण का ज़िक्र आया है, तो उसके सम्बन्ध में भी कुछ पंक्तियाँ परिचय-स्वरूप लिखने में कोई आपत्ति की बात नहीं। प्राण अच्छा-ख़ासा सुन्दर पुरुष है। लाहौर में उसकी ख्याति इस कारण भी थी कि वह बड़ा ही ख़ुशपोशाक था, यानी सुन्दर कपड़े पहननेवाला था और बहुत ठाठ से रहता था। उसका ताँगा-घोड़ा लाहौर के रईसी ताँगों में सबसे ख़ूबसूरत और आकर्षक था। मुझे मालूम नहीं, प्राण से कुलदीप कौर की दोस्ती कब और किस तरह

हुई, इसलिए कि मैं लाहौर में नहीं था। किन्तु फ़िल्मी मित्रताएँ और फ़िल्मी सम्पर्क ताजमहल की तरह सातवें या आठवें आश्चर्य की वस्तुएँ तो हैं नहीं। एक फ़िल्म की शूटिंग के दौरान अभिनेत्रियों का दोस्ताना एक ही समय में कई पुरुषों से हो सकता है, जो उस फ़िल्म से सम्बद्ध हों।

जिन दिनों प्राण और कुलदीप का प्रेम चल रहा था, उन दिनों स्वर्गीय श्याम भी वहीं था। पूना और बम्बई में क़िस्मत-आजमाई करने के बाद वह शहर लाहौर चला गया था, जिससे उसे अथाह प्रेम था। इश्क़पेशा आदमी था और कुलदीप भी इस मैदान में उससे पीछे नहीं थी। दोनों की एक विशेष प्वाइंट पर भिड़न्त हुई। सम्भव था कि वे एक-दूसरे में समा जाते कि एक अन्य लड़की ने श्याम के जीवन में प्रवेश कर लिया। उसका नाम मुमताज था, जो ताज़ी के नाम से प्रसिद्ध हुई। यह ज़ैब कुरैशी, एम.ए., की छोटी बहन थी। कुलदीप को श्याम की यह कलाबाजी पसन्द न आई। अत: वह उससे नाराज़ हो गई और हमेशा नाराज़ रही। मैं यहाँ आपको यह बता दूँ कि कुलदीप बड़ी हठीली औरत है। जो बात उसके दिमाग़ में घर कर जाए, उस पर अड़ी रहती है। मैं आपको एक दिलचस्प बात बताऊँ। यह घटना बम्बई की है।

हम तीनों बम्बई टॉकीज में थे। एक शाम को बिजली की ट्रेन से हम अपने-अपने घर जा रहे थे। फ़र्स्ट क्लास का डिब्बा उस दिन लगभग ख़ाली था—यानी हम तीनों के सिवा उसमें और कोई मुसाफ़िर न था।

श्याम ऊँची आवाज़ का जवान और मुँहफट इनसान था। जब उसने देखा कि कंपार्टमेंट में कोई ग़ैर नहीं है, तो उसने कुलदीप कौर से छेड़खानी शुरू कर दी। परन्तु मैं समझता हूँ कि उसका मूल उद्देश्य यह था कि वह रिश्ता, जो लाहौर में क़ायम होते-होते रह गया था, अब यहाँ बम्बई में क़ायम हो जाए, क्योंकि ताज़ी से उसकी खटपट हो गई थी। रमोला कलकत्ता में थी और निगार सुल्ताना संगीतकार मधोक के पास। वह इन दिनों ख़ुद अपने ही कहे मुताबिक 'ख़ाली हाथ' था।

अत: उसने कुलदीप कौर से कहा, "के. के., तुम मुझसे दूर-दूर क्यों रहती हो? इधर आओ, मेरी जान! मेरे पास बैठो!"

कुलदीप की नाक और तीखी हो गई। बोली, "श्याम साहब! आप मुझ पर डोरे न डालें।"

मैं उनके वार्तालाप को, जो मुझे पूरी तरह से याद है, यहाँ नक़ल करना नहीं चाहता, इसलिए कि वह बहुत बेबाक था। वैसे उसका सार अपने शब्दों में बयान किए देता हूँ। श्याम कभी गम्भीरता और संजीदगी से बात नहीं करता था। उसके प्रत्येक शब्द में एक क़हक़हा, एक ठहाका होता था। उसने कुलदीप से उसी विशेष लहजे में कहा, "जानेमन! उस उल्लू के पट्ठे को छोड़ दो और मेरे साथ नाता जोड़ो। वह मेरा दोस्त है, लेकिन यह मामला बड़ी आसानी से तय हो सकता है।"

कुलदीप कौर की आँखें उसकी नाक की तरह बड़ी और तीखी हैं। उसके होंठ भी बड़े तीखे हैं। उसके चेहरे का प्रत्येक भाग तीखा है। जब वह अपनी बड़ी-बड़ी आँखें झपकाकर बात करती है, तो आदमी बौखला जाता है कि यह क्या मुसीबत है!

उसने तेज़-तेज़ निगाहों से श्याम की ओर देखा और उससे अधिक तेज़ लहजे में उससे कहा, "मुँह धोकर रखिए, श्याम साहब!"

श्याम-जैसे फंटूश पर औरतों की वाक्पटुता का भला क्या प्रभाव पड़ता? उसने एक ठहाका लगाया और कहा, "के. के., मेरी जान! तुम लाहौर में मुझ पर मरती थीं, याद नहीं तुम्हें?"

अब कुलदीप ने ठहाका लगाया, जिसमें नारी का व्यंग्य भरा था, "आपको वहम हो गया था!"

श्याम ने कहा, "तुम ग़लत कहती हो, तुम वास्तव में मुझ पर मरती थीं।"

मैंने कुलदीप की ओर देखा और मुझे महसूस हुआ कि उसके शरीर में समर्पण की इच्छा मौजूद है, मगर उसका हठीला दिमाग़ उसकी इस इच्छा को, इस कामना को रद्द करने के प्रयत्नों में व्यस्त है। उसने अपनी तीखी पलकें फड़फड़ाकर कहा, "मरती थी, लेकिन अब नहीं मरूँगी!"

श्याम ने अपनी उसी फंटूश मुद्रा में कहा, "अब नहीं मरोगी, तो कल मरोगी! मरना बहरहाल तुम्हें मुझ पर ही है!"

कुलदीप कौर भन्ना गई, "श्याम! तुम मुझसे आख़िरी बार सुन लो कि

तुम्हारा-मेरा कोई सम्बन्ध नहीं हो सकता। तुम इतराते हो। हो सकता है, लाहौर में कभी मेरी तबियत तुम पर आई हो, लेकिन जब तुमने बेरुखी बरती, तो मैं क्यों तुम्हें मुँह लगाऊँ? अब इस क़िस्से को ख़त्म करो।"

क़िस्सा ख़त्म हो गया, लेकिन सिर्फ़ कुछ समय के लिए, क्योंकि श्याम अधिक बहसों और वाद-विवाद का अभ्यस्त नहीं था।

कुलदीप कौर अटारी (अमृतसर) के एक मशहूर मालदार सिख-घराने से सम्बन्ध रखती है। इस घराने का एक व्यक्ति लाहौर की एक प्रसिद्ध मुसलमान औरत से सम्बन्धित है, जिसको उसने लाखों रुपये दिये, और सुना है कि अब भी देता है।

यह मुसलमान महिला किसी ज़माने में ख़ूबसूरत होगी, मगर अब मोटी और भद्दी हो गई है। किन्तु वह अटारी के सिख महाशय अब भी नियमित रूप से यहाँ लाहौर में फ्लैटी होटल में आते हैं और अपनी मुसलमान प्रेमिका के साथ कुछ 'मीठे' दिन बिताकर वापस चले जाते हैं।

जब बँटवारा हुआ, तो कुलदीप कौर और प्राण को भगदड़ में लाहौर छोड़ना पड़ा। प्राण की मोटर (जो शायद कुलदीप कौर की सम्पत्ति थी) यहीं रह गई। लेकिन कुलदीप कौर एक साहसी औरत है। इसके अलावा उसे यह भी ज्ञात है कि वह पुरुषों को अपनी उँगलियों पर नचा सकती है, इसलिए वह कुछ देर बाद लाहौर आई और दंगों के दौरान वह मोटर चलाकर बम्बई ले गई।

जब मैंने मोटर देखी और प्राण से पूछा कि यह कब खरीदी गई है, तो उसने मुझे सारी घटना सुनाई कि के. के. लाहौर से लेकर आई है और यह कि रास्ते में उसे कोई कठिनाई और तकलीफ़ नहीं हुई। सिर्फ़ दिल्ली में उसे कुछ रोज़ ठहरना पड़ा, क्योंकि कुछ गड़बड़ हो गई थी।

जब वह मोटर लेकर आई तो उसने सिखों पर मुसलमानों के तथाकथित अत्याचारों का विवरण सुनाया और वह इस प्रकार कि मालूम होता था कि वह मेज़ पर से मक्खन लगाने की छुरी उठाएगी और मेरे पेट में घोंप देगी। लेकिन मुझे बाद में मालूम हुआ कि वह उस समय भावुक हो गई थी, अन्यथा मुसलमानों से उसे कोई घृणा या द्वेष न थी।

उसकी नाक बेहद तीखी है। उसकी आँखें बहुत तेज़ हैं, उसके होंठ बहुत बारीक हैं। यही क़ारण है कि उसके चेहरे पर तनिक-सा चढ़ाव भी बहुत तेज़ और तुंद बन जाता है। इसके अलावा उसका लहजा और उसकी आवाज़ भी असाधारण तौर पर तेज़ व तर्रार है।

कुलदीप कौर की तीखी नाक का उल्लेख मैं कई बार कर चुका हूँ। इस सिलसिले में आप एक लतीफ़ा सुन लीजिए।

मैं फ़िल्मिस्तान छोड़कर अपने दोस्त अशोक कुमार और सावक वाचा के साथ बम्बई टॉकीज चला गया था। उस ज़माने में दंगों का आरम्भ हो रहा था। उसी दौरान कुलदीप कौर और उसका 'रखैल' प्राण नौकरी के लिए वहाँ आए।

प्राण से जब मेरी मुलाक़ात श्याम के माध्यम से हुई, तो मेरी-उसकी तत्काल दोस्ती हो गई। बड़ा बेहया आदमी है। कुलदीप कौर से अलबत्ता कुछ रस्मी क़िस्म की मुलाक़ात रही।

इन दिनों तीन फ़िल्में हमारे स्टूडियो में शुरू होनेवाली थीं। अत: जब कुलदीप कौर ने श्री सावक वाचा से भेंट की, तो उन्होंने जोजफ़ वरशिंग नामक जर्मन कैमरामैन से कहा कि वह उसका कैमरा-टेस्ट ले, ताकि विश्वास हो जाए।

वरशिंग गोरे रंग और अधेड़ उम्र का मोटा-सा आदमी है। उसको स्वर्गीय हिमांशु राय अपने साथ जर्मनी से लाए थे। जब द्वितीय महायुद्ध शुरू हुआ, तो उसे देवलाली कैम्प में नज़रबन्द कर दिया गया। वह एक लम्बे समय तक वहाँ रहा। जब जंग ख़त्म हुई, तो उसे रिहा कर दिया गया और वह वापस बम्बई टॉकीज आ गया, इसलिए कि श्री वाचा से उसके मैत्रीपूर्ण सम्बन्ध थे, क्योंकि वे बहुत समय पहले बम्बई टॉकीज में इकट्ठे एक-दूसरे के साथ काम करते रहे थे। उन दिनों श्री वाचा रिकॉर्डिस्ट थे।

वरशिंग ने स्टूडियो में प्रकाश का प्रबन्ध कराया और मेकअप-मैन से कहा कि वह कुलदीप कौर को तैयार करके कैमरा-टेस्ट के लिए लाए। वह स्वयं तैयार था। कैमरा नया था। उसको उसने अच्छी तरह देखा। रोशनियाँ दुरुस्त कराईं और अपना चुरुट सुलगाये एक ओर खड़ा हो गया।

कुलदीप कौर आई। मैंने उसे देखा। उसकी नाक पर मेकअप-मैन ने सुर्ख़ी और सफ़ेदे के कुछ ऐसे पुट लगाए थे कि वह दस गुनी और तीखी हो

गई थी। जब वरशिंग ने उसे देखा, तो वह घबरा गया, क्योंकि यह विचित्र प्रकार की तीखी नाक थी।

कुलदीप कौर बिलकुल बेडर, बेझिझक कैमरा के सामने खड़ी हो गई। वरशिंग ने उसको अब कैमरे की आँख से देखा, किन्तु मैं महसूस कर रहा था कि उसको बड़ी उलझन हो रही है। वह उसकी नाक ऐसे प्वाइंट पर बिठाने का प्रयत्न कर रहा था कि अशोभनीय प्रतीत न हो।

बेचारा इस कोशिश में पसीना-पसीना हो गया। अन्त में उसने थक-हारकर मुझसे कहा, "मैं अब एक कप चाय पीऊँगा।"

मैं सारा मामला समझ गया था। अतः हम दोनों कैंटीन में चले गए। वहाँ उसने अपना पसीना पोंछते हुए मुझसे कहा, "मिस्टर मंटो! उसकी नाक भी एक आफ़त है। कैमरा में घुसी चली आती है। चेहरा बाद में आता है, नाक पहले आती है। मैं क्या करूँ, कुछ समझ में नहीं आता।"

फिर उसने एक और उलझन प्रकट की, वह भी मेरे कान में, "मिस्टर मंटो! उसका वह मामला ठीक नहीं है, किन्तु मैं उससे यह कैसे कहूँ?" और यह कहकर मोटे वरशिंग ने अपने माथे का पसीना पोंछा।

मैं उसका मतलब समझ गया। परन्तु वरशिंग ने फिर भी मुझे विस्तारपूर्वक सब-कुछ बता दिया और मुझसे प्रार्थना की कि मैं के. के. से अनुरोध करूँ कि वह इस मामले को ठीक करे। यह अत्यावश्यक है। नाक का वह कोई-न-कोई प्वाइंट निकाल लेगा, मगर इस मामले के बारे में वह कुछ भी नहीं कर सकता, यह उसी का काम है। मैंने उसे सान्त्वना दी कि मैं सब ठीक कर दूँगा, क्योंकि उसने मुझे इस मामले की दुरुस्ती का हल बता दिया था कि चौंतीस रुपये में 'व्हाइट वे एंड लिडला' की दुकान से वह उपलब्ध हो सकता है।

उस रोज़ टेस्ट किसी बहाने से स्थगित कर दिया गया। कुलदीप जब स्टूडियो से बाहर निकली, तो मैंने स्पष्ट रूप से सारी बातें, जो इस मामले के सम्बन्ध में थीं, बता दीं और उससे कहा कि वह आज ही फोर्ट में जाकर वह चीज़ खरीद ले, जिससे उसके शरीर का नुक्स दूर हो जाएगा! उसने बिना झिझक मेरी बात सुनी और कहा कि यह कौन-सी बड़ी बात है। चुनांचे वह उसी समय प्राण के साथ गई और वह वस्तु ख़रीद लाई। जब दूसरे दिन स्टूडियो

में उससे भेंट हुई, तो ज़मीन और आसमान का अन्तर था। वरशिंग ने जब उसे देखा, तो वह सन्तुष्ट था। यद्यपि कुलदीप की नाक उसे तंग कर रही थी, मगर अब दूसरा मामला बिलकुल ठीक था। अत: उसने टेस्ट लिया और जब उसका प्रिंट तैयार हुआ और हम-सबने उसे अपने प्रोजेक्शन हॉल में देखा, तो उसके रूप, शक्ल व सूरत को पसन्द किया और एकमत से यह राय क़ायम हुई कि वह विशेष रोल्स के लिए अच्छी रहेगी—विशेषतया वैंप रोल के लिए।

कुलदीप कौर से मुझे अधिक मिलने-जुलने का अवसर नहीं मिला। प्राण चूँकि दोस्त था, उसके साथ अधिकांश शामें गुज़रती थीं, इसलिए कुलदीप भी कभी-कभी हमारे साथ शरीक हो जाती थी। वह एक होटल में रहती थी, जो समुद्र-तट के निकट था। प्राण भी उससे कुछ दूर सकवील में रहता था, जहाँ उसकी बीवी और बच्चे भी थे। लेकिन उसका अधिक समय कुलदीप कौर के साथ व्यतीत होता था। मैं अब आपको एक दिलचस्प घटना सुनाता हूँ।

मैं और श्याम ताज होटल में बीयर पीने जा रहे थे कि रास्ते में प्रसिद्ध संगीतकार मधोक से भेंट हो गई। वह हमें इरोस सिनेमा की बार में ले गए। वहाँ हम-सब देर तक बीयर पीने में व्यस्त रहे।

जब हम ख़ाली हुए, तो उन्होंने पूछा कि हमें कहाँ जाना है? मधोक साहब को अपनी प्रेयसी निगार सुलताना के पास जाना था, जिससे किसी ज़माने में श्याम का भी सम्बन्ध था और कुलदीप कौर भी उसके आसपास ही रहती थी। श्याम ने मुझसे कहा, "चलो, प्राण से मिलते हैं।"

चुनांचे मधोक साहब की टैक्सी में बैठकर वहाँ पहुँचे। वह तो अपनी निगार सुलताना के पास चले गए और हम दोनों कुलदीप कौर के यहाँ। प्राण वहाँ बैठा था। एक मुख़्तसर-सा कमरा था। बीयर पी हुई थी। नशा-सा छाया था। नशे के प्रभाव को दूर करने के लिए श्याम ने सोचा कि ताश खेलना चाहिए। कुलदीप तत्काल तैयार हो गई, लेकिन यह कहा कि फ्लश होगी। हम मान गए।

फ्लश शुरू हो गया। कुलदीप कौर और प्राण एक साथ थे। प्राण ही पत्ते बाँटता था। वही उठाता था और कुलदीप कौर उसके कन्धे के साथ अपनी नुकीली ठोढ़ी टिकाए बैठी थी। और जितने रुपये प्राण जीतता था, उठा-उठाकर पास रख लेती।

इस खेल में हम केवल हारा किए। मैंने फ्लश कई बार खेला है, किन्तु वह फ्लश कुछ विचित्र प्रकार का था। मेरे पचहत्तर रुपये पन्द्रह मिनट के अन्दर-अन्दर कुलदीप कौर के पास थे। मेरी समझ में नहीं आता था कि आज पत्तों को क्या हो गया है कि ठिकाने के आते ही नहीं।

श्याम ने जब यह रंग देखा, तो मुझसे कहा, "मंटो, अब बन्द करो!"

मैंने खेलना बन्द कर दिया। प्राण मुस्कराया और उसने कुलदीप से कहा, "के. के. पैसे वापस कर दो मंटो साहब के।"

मैंने कहा, "यह ग़लत है। तुम लोगों ने जीते हैं। वापसी का सवाल ही कहाँ पैदा होता है?

इस पर प्राण ने मुझे बताया कि वह पहले दरजे का चालबाज है। उसने जो कुछ जीता है, अपनी चालाकी की बदौलत मुझसे जीता है। चूँकि मैं उसका दोस्त हूँ, इसलिए वह मुझसे धोखा करना नहीं चाहता। मैं पहले समझा कि वह इस बहाने से मेरे रुपये वापस करना चाहता है, किन्तु जब उसने ताश की गड्डी उठाकर तीन-चार बार पत्ते वितरित किए और हर बार बड़े दाँव जीतनेवाले पत्ते अपने पास गिराए, तो मैं उसके हथकंडे का लोहा मान गया। यह काम वास्तव में बड़ी चालबाजी का है। प्राण ने फिर कुलदीप कौर से कहा कि वह रुपये वापस कर दे। मगर उसने इनकार कर दिया। श्याम कबाब हो गया। प्राण नाराज़ होकर चला गया। कदाचित उसे अपनी बीवी के साथ कहीं जाना था। श्याम और मैं वहीं बैठे रहे। थोड़ी देर श्याम उससे बात करता रहा। फिर उसने कहा, "आओ, चलो, सैर करें।"

कुलदीप राजी हो गई।

टैक्सी मँगवाई गई। हम सब बाईकुला रवाना हुए। क्लेअर रोड पर मेरा फ़्लैट था। हम सीधे वहाँ पहुँचे। घर में उन दिनों कोई भी न था। श्याम मेरे साथ रहता था। हमने फ़्लैट में प्रवेश किया, तो श्याम ने कुलदीप से छेड़खानी शुरू कर दी। कुलदीप बहुत जल्दी तंग आनेवाली औरत नहीं है। वह किसी मर्द से घबराती नहीं। उसको स्वयं पर पूरा-पूरा भरोसा है। अतः वह देर तक श्याम के साथ हँसती-खेलती रही।

हाँ, मैं यह बताना भूल गया कि जब हम क्लेअर रोड पर पहुँचे, तो कुलदीप

ने गाड़ी रोकने के लिए कहा कि वह सेंट की शीशी खरीदना चाहती है। श्याम क्रोध के मारे जलकर कबाब था कि वह उस रुपये से हर चीज़ खरीदेगी, जो प्राण ने जुएबाजी में मुझसे जीते थे। पर मैंने उससे कहा कि कोई हर्ज नहीं। तुम इस बात का कुछ विचार न करो, हटाओ इस क़िस्से को। कुलदीप के साथ मैं स्टोर में गया। उसने 'यार्डले' का सेंट पसन्द किया। उसका मूल्य बाईस रुपये आठ आने था। कुलदीप ने ख़ूबसूरत शीशी अपने पर्स में रखी और मुझसे कहा, "मंटो साहब, कीमत अदा कर दीजिए!"

मैं इस सेंट के दाम हरगिज भुगतना नहीं चाहता था, मगर दुकानदार मेरा परिचित था और फिर एक औरत ने इस अन्दाज़ से मुझसे मूल्य चुकाने के लिए कहा था कि इनकार करना एक पुरुष के सम्मान के लिए चुनौती होता। अत: मैंने रुपये निकाले और भुगतान कर दिया।

फ़्लैट में जब श्याम को मालूम हुआ कि सेंट मैंने खरीदकर दिया है, तो वह आगबबूला हो गया। उसने मुझे और कुलदीप कौर को पेट भरके गालियाँ दीं। किन्तु बाद में नरम हो गया। उसका उद्देश्य यह था कि कुलदीप किसी-न-किसी तरह मान जाए। मैंने भी कोशिश की और कुलदीप कौर को समझाया कि अब उनके मतभेदों को मिट जाना चाहिए। कुलदीप मान गई। मैंने श्याम और उससे कहा कि मैं जाता हूँ, तुम दोनों आपस में फ़ैसला कर लो। मगर उसने कहा कि नहीं, यह समझौता उसके होटल में होगा। टैक्सी नीचे खड़ी थी। दोनों उसमें चले गए।

मैं प्रसन्न था कि चलो, यह क़िस्सा तय हुआ।

मगर पौन घंटे बाद ही श्याम लौट आया। क्रोध में वह बुरी तरह भरा हुआ था। मैंने उसको ब्रांडी का गिलास पेश किया, तो देखा कि उसका हाथ ज़ख़्मी है। ख़ून बह रहा है। मैंने बड़ी चिन्ता के साथ पूछा, लेकिन वह कबाब था। ब्रांडी ने उसके मूड को तनिक दुरुस्त कर दिया, तो उसने मुझे बताया कि जब वह के. के. के साथ उसके होटल में पहुँचा और वे टैक्सी से बाहर निकले, तो वह (कुलदीप कौर) गाली देकर अनजान और मासूम बन गई। श्याम को सख़्त ग़ुस्सा आया। वे दोनों एक पथरीली दीवार के पास खड़े थे। श्याम ने उससे कहा कि तुम लाहौर में मुझ पर मरती थीं, अब यह क्या

नखरा है? कुलदीप ने उत्तर में कुछ ऐसी बात कही कि श्याम के तन-बदन में आग लग गई। उसने तानकर घूँसा मारा। किन्तु वह एक ओर को हट गई और श्याम का घूँसा दीवार के साथ जा टकराया। वह हँसती, ठहाके लगाती ऊपर होटल में चली गई और श्याम खड़ा अपना घायल हाथ देखता रह गया।

फिर उसने अपनी पतलून की जेब में हाथ डाला और सेंट की शीशी निकाली, "रुपये तो मैं उससे वापस न ले सका, लेकिन यह सेंट की शीशी ले आया हूँ।"

कुलदीप कौर अजीबोग़रीब शख़्सियत की मालिक है। जिस तरह उसकी नाक तीखी है, उसी तरह उसका चरित्र और व्यवहार भी तीखा और नुकीला है।

पिछले दिनों यह ख़बर आई थी कि उस पर भारत में पाकिस्तान की जासूस होने का आरोप लगाया गया है। मालूम नहीं, इसमें कहाँ तक सचाई है। परन्तु मैं विश्वास के साथ इतना अवश्य कह सकता हूँ कि उस जैसी औरत माताहारी कभी नहीं बन सकती, जिसका अन्दर और बाहर एक हो, जिसका प्रकट और अप्रकट एक हो।

श्याम

अप्रैल की तेईस या चौबीस तारीख़ थी। मुझे अच्छी तरह याद नहीं रहा। पागलख़ाने में शराब छोड़ने के सिलसिले में मेरी चिकित्सा हो रही थी कि श्याम की मृत्यु का समाचार एक अख़बार में पढ़ा। उन दिनों एक विचित्र-सी कैफ़ियत मुझ पर तारी थी—बेहोशी और नीम-बेहोशी के एक चक्कर में फँसा हुआ था। कुछ समझ में नहीं आता था कि होशमन्दी का इलाक़ा कहाँ से शुरू होता है और मैं बेहोशी की दुनिया में कब पहुँचता हूँ। दोनों की सीमाएँ कुछ इस प्रकार गड्ड-मड्ड हो गई थीं कि मैं स्वयं को 'नो मैन्स लैंड' में भटकता हुआ महसूस करता था।

श्याम की मौत की ख़बर जब मेरी नज़रों से गुज़री, तो मैंने यह समझा कि यह सब मदिरापान त्यागने का परिणाम है, जिसने मेरे मस्तिष्क में हलचल-सी पैदा कर रखी है। इसके पूर्व स्वप्नावस्था में कई मित्रों और परिचितों की मौतें मेरे लिए हो चुकी थीं और होशमन्दी के समय मुझे यह भी मालूम हो चुका था कि वे सब-के-सब जीवित हैं और मेरे स्वास्थ्य-लाभ के लिए ख़ुदा से दुआएँ माँग रहे हैं।

मुझे अच्छी तरह याद है। जब मैंने यह ख़बर पढ़ी, तो साथ वाले कमरे के पागल से कहा, "जानते हो, मेरा एक बहुत ही नज़दीकी अज़ीज़ दोस्त मर गया है?"

उसने पूछा, "कौन?"

मैंने बुलन्द आवाज़ में कहा, "श्याम!"

"कहाँ? यहाँ पागलख़ाने में?"

मैंने कोई उत्तर न दिया। नीचे-ऊपर कई चित्र मेरे विह्वल दिमाग़ में उभरे, जिनमें श्याम था। मुस्कराता श्याम, हँसता श्याम, शोर मचाता श्याम, जीवन से भरपूर श्याम, मृत्यु और उसकी भयंकरता से बिलकुल अनभिज्ञ और अपरिचित श्याम! मैंने सोचा, जो कुछ मैंने पढ़ा है, बिलकुल ग़लत है—अख़बार ने झूठ लिखा होगा!

धीरे-धीरे विक्षिप्तता की धुन्ध दिमाग़ से हटने लगी और मैं बीती हुई घटनाओं को उनके वास्तविक रूप से देखने लगा, किन्तु यह क्रम इतना धीमा था कि जब मैं श्याम की मौत के दुर्घटनापूर्ण समाचार से परिचित हुआ, तो मुझे ज़बरदस्त धक्का न लगा। मुझे यों महसूस हुआ कि जैसे वह काफ़ी समय पहले मर चुका था और उसकी मौत का आघात तथा शोक भी अरसा हुआ, मुझे पहुँच चुका था। अब बस उसके आसार बाक़ी थे। सिर्फ़ मलबा रह गया था, आहिस्ता-आहिस्ता जिसकी मैं खुदाई कर रहा था। टूटी-फूटी ईंटों के ढेर में कहीं श्याम की मुस्कराहट दबी हुई मिल जाती थी, कहीं उसका बाँका ठहाका!

पागलख़ाने से बाहर भलेमानुषों की दुनिया में यह मशहूर था कि सआदत हसन मंटो श्याम की मौत की ख़बर सुनकर पागल हो गया है। ऐसा हुआ होता, तो मुझे बहुत अफ़सोस होता। श्याम के देहान्त की ख़बर सुनकर मुझे अधिक होशमन्द होना चाहिए था, संसार की क्षणभंगुरता की अनुभूति का एहसास मेरे दिल व दिमाग़ में तीव्रता से हो जाना चाहिए था और प्रतिशोध की भावना के अन्तर्गत अपने जीवन को पूर्ण रूप से इस्तेमाल करने का संकल्प मेरे अन्दर उत्पन्न हो जाना चाहिए था—श्याम के देहान्त की ख़बर सुनकर पागल हो जाना सिर्फ़ पागलपन था!

प्रतिक्रियावादी मान्यताओं और दकियानूसी परम्पराओं के बुतों को तोड़नेवाले श्याम की मौत पर पागल हो जाना उसकी बहुत बड़ी तौहीन थी, महान अपमान था।

श्याम ज़िन्दा है अपने दो बच्चों में, जो उसकी बेलौस अर्थात निःस्वार्थ मुहब्बत का परिणाम है—ताज़ी (मुमताज) में, जो श्याम के कथनानुसार उसकी 'कमज़ोरी' थी, और ऐसी सभी औरतों में, जिनकी ओढ़नियों के आँचल उसके मुहब्बत-भरे दिल पर यदा-कदा, समय-कुसमय साया करते रहे—और मेरे हृदय में, जो केवल इसलिए शोक से सन्तप्त है कि वह उसके महाप्रयाण के सिरहाने नारा बुलन्द न कर सका—श्याम ज़िन्दाबाद!

मुझे विश्वास है, मौत के होंठों को बड़े प्रेम से चूमते हुए उसने अपने विशेष अन्दाज़ में कहा होगा, "मंटो! ख़ुदा की क़सम! इन होंठों का मजा कुछ और ही है!"

श्याम आशिक और प्रेमी था—इश्क़पेशा नहीं था। वह हर ख़ूबसूरत और सुन्दर चीज़ पर मरता था—मेरी धारणा है कि मौत अवश्य ख़ूबसूरत होगी वरना वह कभी नहीं मरता!

उसको हरारत और गरमी से प्यार था। लोग कहते हैं कि मौत के हाथ ठंडे होते हैं। मैं नहीं मानता। श्याम ठंडे हाथों का बिलकुल क़ायल नहीं था। यदि मौत के हाथ सचमुच ठंडे होते, तो उसने यह कहकर एक तरफ़ झटक दिये होते, "हटो, बड़ी बी! तुममें मुहब्बत, गरमी और खुलूस नहीं है!"

मुझे एक पत्र में लिखता है :

"क़िस्सा यह है प्यारे, कि ज़िन्दगी ख़ूब गुज़र रही है—काम और मदिरापान, मदिरापान और काम! दोनों साथ-साथ चल रहे हैं। ताज़ी (मुमताज) छह महीने के बाद वापस आ गई हैं। वह अभी तक मेरी एक बहुत बड़ी कमज़ोरी है। और, तुम जानते हो, नारी के प्रेम का आनन्द अनुभव करना कितनी स्फूर्तिदायक और आनन्ददायक चीज़ है!...आख़िर मैं भी इनसान हूँ—एक नॉर्मल इनसान...

"निगार सुलताना कभी-कभी मिलती है, लेकिन पहला हक 'ता' का है...

"शामों को तुम्हारी 'विद्वत्तापूर्ण बकवास' बहुत याद आती है।..."

29 जुलाई, '48 के एक पत्र में श्याम मुझे लिखता है :

"प्यारे मंटो! इस बार तुम फिर ख़ामोश हो। तुम्हारी यह ख़ामोशी मुझे बहुत तंग करती है। इसके बावजूद कि मैं तुम्हारी मानसिक स्थिति और परेशानियों से भलीभाँति परिचित हूँ, मैं क्रोध से पागल हुए बिना नहीं रह सकता, जबकि तुम लगातार मौन धारण कर लेते हो। इसमें शक नहीं कि मैं भी कोई बहुत बड़ा 'ख़तबाज' नहीं हूँ, लेकिन मुझे ऐसे ख़त लिखने और पाने में बहुत आनन्द प्राप्त होता है, जो ज़रा अलग क़िस्म के हों।...

"मंटो! किसी ने कहा है, जब प्रेमी के पास शब्द समाप्त हो जाते हैं, तो वह चूमना आरम्भ कर देता है और जब किसी वक्ता के पास शब्दों का भंडार ख़त्म हो जाता है, तो वह खाँसने लगता है। मैं इस कहावत में एक और चीज़ शामिल करता हूँ, जिस मर्द की मर्दानगी ख़त्म हो जाती है, वह अपने बीते हुए ज़माने को, अतीत को पलटकर देखने लगता है। लेकिन तुम चिन्तित न होना, मैं इस अन्तिम स्टेज से कुछ दूर हूँ। जीवन बहुत व्यस्त और भरपूर है और भरपूर ज़िन्दगी में, तुम जानते हो, पागलपन के लिए बहुत कम फ़ुरसत मिलती है, हालाँकि मुझे इसकी नितान्त आवश्यकता प्रतीत होती है।...

"नसीमवाला फ़िल्म 'चाँदनी रात' क़रीब-क़रीब आधी हो चुकी है। अमरनाथ से एक फ़िल्म का कंट्रैक्ट कर चुका हूँ। ज़रा सोचो तो, मेरी हीरोइन कौन है?—निगार! मैंने ख़ुद उसके नाम का प्रस्ताव किया था—सिर्फ़ यह मालूम करने के लिए कि परदे पर उन पुरानी भावनाओं की पुनरावृत्ति कैसी लगती है, जो कभी किसी से व्यावहारिक दुनिया में सम्बन्धित रही हों—पहले प्रसन्नता और सन्तोष था, अब केवल कारोबार। लेकिन क्या ख़याल है तुम्हारा, यह सिलसिला उत्साहवर्द्धक नहीं रहेगा?

"ताज़ी अभी तक मेरी ज़िन्दगी में है। निगार बहुत ही अच्छी है और उसका व्यवहार बहुत ही नरम और नाज़ुक—कोमलता से परिपूर्ण। पिछले कुछ दिनों से रमोला भी यहीं बम्बई में मौजूद है। उससे भेंट करने पर मुझे पता चला कि वह अभी तक उस कमज़ोरी को, जो उसके दिल व दिमाग़ में मेरी ओर से मौजूद है, दूर न कर सकी है। अत: उसके साथ भी सैर व तफ़रीह रही।

"ओल्ड ब्वाय! मैं इन दिनों फ़्लर्टेशन की कला में एडवांस ट्रेनिंग ले रहा हूँ। मगर, दोस्त, यह सारा सिलसिला बहुत पेचीदा हो गया है। बहरहाल, मैं पेचीदगियाँ पसन्द करता हूँ।

"वे मेरे अन्दर जो जुएबाजी और आवारागर्दी के गुण हैं, वे अभी तक पर्याप्त शक्तिशाली हैं। मैं किसी विशेष स्थान का नहीं हूँ और न किसी ख़ास जगह का होना चाहता हूँ। ज़िन्दगी यों ही गुज़र रही है। वास्तव में जीवन ही एक प्रेयसी है, एक प्रेमिका है, जिससे मुझे मुहब्बत है—लोग जाएँ जहन्नुम में!

"मैं लेखक का नाम भूल गया हूँ, मगर उसका एक वाक्य याद रह गया है, शायद वह भी दुरुस्त न हो। लेकिन अभिप्राय कुछ इस प्रकार का था—वह लोगों से इस कदर मुहब्बत करता था कि (स्वयं को प्रेम करने में) कभी अकेला महसूस नहीं करता था, लेकिन वह इस तौर पर उनसे घृणा करता था (स्वयं को घृणा करने में) कि अकेला महसूस करता था।

"मैं इसमें और कोई वाक्य शामिल नहीं कर सकता।"

इन दो पत्रों में ताज़ी का ज़िक्र आया है। अपने पिछले लेख में इतना तो मैं बता चुका हूँ कि यह ताज़ी मुमताज की तस्गीर (छोटा नाम) है। मुमताज कौन है, यह ख़ुद श्याम बता चुका है कि वह उसकी कमज़ोरी है। सच पूछिए, तो निगार, रमोला, सब उसकी 'कमज़ोरियाँ थीं। नारी दरअसल उसकी सबसे बड़ी कमज़ोरी थी और यही उसके चरित्र का दृढ़तम पहलू भी थी।

मुमताज ज़ैब कुरेशी, एम.ए. की छोटी बहन है। ज़ैब के साथ बम्बई गई, तो वहाँ ज़हूर राजा के भारी-भरकम इश्क़ में फँस गई। कुछ समय बाद उससे अपना दामन छुड़ाकर लाहौर आई, तो श्याम के साथ रोमांस शुरू हो गया। बम्बई में जब श्याम की आर्थिक अवस्था अच्छी हो गई, तो उसने अपने होनेवाले बच्चों की ख़ातिर मुमताज से शादी कर ली।

श्याम को बच्चों से बहुत प्यार था—ख़ासतौर पर ख़ूबसूरत बच्चों से, चाहे वे बदतमीज ही क्यों न हों। नफ़ासतपसन्द लोगों की दृष्टि में वह स्वयं बहुत बड़ा बदतमीज था। कुछ औरतें तो उससे उसकी बदतमीजी के कारण सख़्त

घृणा करती थीं। किन्तु वह बिलकुल बेपरवाह था। उसने कभी इन महिलाओं को प्रसन्न करने के लिए अपनी आदतें सुधारने की कोशिश न की। उसका बाहर और अन्दर एक था—"मंटो! मेरी बातें सुनकर ये नाक-भौं चढ़ानेवाली सालियाँ सब बनती हैं, मेकअप की दुनिया में रहती हैं!"

लेकिन बाज औरतें उसकी बदतमीजियों से मुहब्बत भी करती थीं, क्योंकि उनमें बिस्तर की बू नहीं होती थी। श्याम उनसे खुला मज़ाक़ करता, वे भी उससे ऐसी बातें करतीं, जो सभ्य समाज में उपयुक्त नहीं समझी जाती हैं... अधरों पर मुस्कराहटें नाचतीं, कंठ से ठहाके उछलते, हँसते-हँसते श्याम की आँखों में आँसू आ जाते और मुझे ऐसा महसूस होता कि दूर कोने में तथाकथित आदर्शवाद नुकीली कीलों पर आसन जमाये अपने गुनाह बख़्शवाने का निरर्थक प्रयत्न कर रहा है!

श्याम से मेरी पहली मुलाक़ात कब और कहाँ हुई, यह मुझे बिलकुल याद नहीं। ऐसा मालूम होता है कि मैं उससे मिलने के पहले ही मिल चुका था। वैसे अब सोचता हूँ, तो इतना याद आता है कि बम्बई में उससे शुरू-शुरू की प्रारम्भिक मुलाक़ातें शायद लेडी जमशेदजी रोड पर हुई थीं, जहाँ मेरी बहन रहती थी। 'हाई नैस्ट' में ऊपर की मंज़िल के एक फ़्लैट में डायमंड रहती थी। उसके यहाँ श्याम का आना-जाना था। दो-तीन बार सम्भवत: सीढ़ियों में उससे मिलना हुआ। ये मुलाक़ातें यद्यपि औपचारिक थीं, किन्तु फिर भी खुले दिल से, खुले हाथ से होती थीं, क्योंकि श्याम ने स्वयं ही मुझे बता दिया था कि डायमंड नाम की औरत, जो मिसेज श्याम कहलाती है, वास्तव में उसकी पत्नी नहीं, लेकिन सम्बन्धों के आधार पर वह बीवी से कुछ अधिक ही है। वह वैवाहिक अथवा 'बिस्तर' के सम्बन्धों और उनके विज्ञापन का बिलकुल क़ायल नहीं था। लेकिन जब एक तकलीफ़ के सिलसिले में उसको डायमंड हस्पताल में दाख़िल कराना पड़ा, तो उसने रजिस्टर में उसका नाम श्रीमती श्याम ही लिखवाया।

बहुत देर बाद डायमंड के पतिदेव ने मुक़दमेबाज़ी की। श्याम को भी फँसाया गया, लेकिन मामला ऐसे ही इधर-उधर हो गया और डायमंड जो

अब फ़िल्मी दुनिया में पैर रख चुकी थी और वजनी और भारी जेबें देख चुकी थी श्याम के जीवन से निकल गई लेकिन श्याम उसको बहुत याद करता था।

मुझे याद है, पूना के एक बाग़ में उसने मुझे सैर कराते हुए कहा, "मंटो! डायमंड ग्रेट औरत थी!...ख़ुदा की क़सम! जो गर्भपात करवा सकती है, वह संसार की सबसे बड़ी कठिनाई और मुसीबत का सामना कर सकती है।" लेकिन फ़ौरन ही उसने कुछ सोचकर कहा, "यह क्या बात है, मंटो! औरत फल-फूल से क्यों डरती है? क्या उसके लिए यह पाप का फल होता है? लेकिन यह गुनाह और सबाब, पाप और पुण्य की बकवास क्या है? एक करेंसी नोट जाली या असली हो सकता है, एक बच्चा हराम का या हलाल का नहीं हो सकता। वह झटका या कलमा पढ़कर छुरी फेरने से पैदा नहीं होता। उसकी पैदाइश का कारण तो वह ज़बरदस्त पागलपन है, जिसके शिकार सबसे पहले बाबा आदम और माँ हव्वा हुए थे। आह, यह पागलपन!"

और वह देर तक तरह-तरह के पागलपनों की बातें करता रहा।

श्याम बहुत बुलन्द-बाँग—ऊँचा बोलनेवाला था। उसकी हर बात, उसकी हर हरकत, उसकी हर अदा ऊँचे स्वरों में होती थी। गम्भीरता और सन्तुलन का वह बिलकुल क़ायल न था। महफ़िल में संजीदगी व शराफ़त की टोपी पहनकर बैठना उसके नज़दीक मसखरापन था। मदिरा-पान के दौरान विशेष रूप से यदि कोई ख़ामोश हो जाता या दार्शनिक बन जाता, तो उसे बहुत कोफ़्त होती। इतना झुँझला जाता कि किसी समय तो बोतल और गिलास तोड़कर गालियाँ देता, महफ़िल से बाहर चला जाता।

पूना की एक घटना है। श्याम और मसऊद परवेज़ दोनों ज़ुबैदा कॉटेज में रहते थे। एक कहानी बेचने के सिलसिले में मुझे वहाँ जाना पड़ा। मसऊद शान्तिप्रिय हैं। शराब पीकर वह और भी अधिक ख़ामोश हो जाता। एक दिन सुबह से रम का दौर चालू हुआ। इस बीच कई लोग आए और बहककर चले गए। मैं, मसऊद और श्याम डटे हुए थे। श्याम बहुत शोर मचाता आ रहा था। लेकिन श्याम को यकायक यह महसूस हुआ कि मसऊद दिन के सारे शोरगुल में अलग-थलग रहा है। नशे से चूर आँखों को सिकोड़कर उसने

मसऊद की ओर देखा और व्यंग्यपूर्ण स्वर में कहा, "क्यों हज़रत परवेज़! क्या आपने अपना मर्सिया पढ़ लिया है?"

मसऊद अपनी आदत के अनुसार मुस्करा दिया। इतने में कृशन चन्दर आ गया और श्याम मसऊद की ख़ामोश मुस्कराहट द्वारा उत्पन्न प्रभाव को भूल गया। दो-एक दौर चले, तो श्याम ने कृशन से मसऊद के असहनीय मौन की चर्चा की। कृशन की ज़बान का ताला खोलने के लिए दो पेग काफ़ी थे। अतः मसऊद को सम्बोधन कर उसने अनर्गल प्रलाप आरम्भ कर दिया :

"तुम कैसे शायर हो, परवेज़? सुबह से पी रहे हो, कोई वाहियात बात नहीं की? ख़ुदा की क़सम, जो शायर वाहियात बकवास करना नहीं जानता, वह शायरी भी नहीं कर सकता! मुझे हैरत है कि तुम शायरी कैसे कर लेते हो? मेरा विचार है, तुम्हारी यह शायरी बिलकुल बकवास होगी। और तुम्हारा पीकर यों कैस्टर आयल की बोतल बन जाना तुम्हारी असली शायरी है!"

यह सुनकर श्याम इतना हँसा कि उसकी आँखों से आँसू टप-टप गिरने लगे।

जब कुछ देर तक मसऊद से छेड़खानी जारी रही, तो वह उकसा। उठकर उसने हम सबके गिलास ख़ाली कर लिये और कहा, "चलो, बाहर चलें।"

हम बाहर निकले। मसऊद के कहने पर सबने अपने जूते उतारकर जेबों में रख लिये और दौड़ने लगे। उस समय रात के बारह बजे होंगे। पूना की सड़कें, सुनसान और जनशून्य थीं। मैं, मसऊद, श्याम तथा एक अन्य सज्जन, जिनका नाम मुझे याद नहीं रहा, पागलों की भाँति शोर मचाते दौड़ रहे थे। बिलकुल बेमतलब अपने लक्ष्य से अनभिज्ञ!

रास्ते में कृशन चन्दर का मकान पड़ता था। वह दौड़ से पहले हमसे अलग होकर चला गया था। दरवाज़ा खुलवाकर हमने उसे बहुत तंग और परेशान किया। उसकी समीना खातून हमारा शोर सुनकर दूसरे कमरे से बाहर निकल आई। इससे कृशन और भी ज़्यादा परेशान हुआ और इस बात को देखते हुए हमने उससे विदा ली और फिर सड़क नापनी आरम्भ कर दी।

इसी तरह तीन बज गए। एक सड़क पर खड़े होकर मसऊद ने वे ख़ुराफ़ातें बकीं कि मैं दंग रह गया, क्योंकि उसकी ज़बान से मैंने कभी इस तरह की

बातें नहीं सुनी थीं। मगर जब वह मोटी-मोटी गालियाँ उगल रहा था, तो मैंने महसूस किया कि वे उसकी ज़बान पर ठीक तौर पर बैठती नहीं है।

चार बजे हम जुबैदा कॉटेज पहुँचे और सो गए। लेकिन मसऊद शायद जागता रहा और कविता-पाठ करता रहा था।

मदिरा-पान के मामले में भी श्याम यथास्थितिवादी अथवा संकुचित मनोवृत्ति का नहीं था। वह उन्मुक्त रूप से खुख खेलने का क़ायल था। मगर अपने सामने मैदान की 'कैपेसिटी' देख लेता था। उसकी लम्बाई-चौड़ाई को अच्छी तरह जाँच लेता था, ताकि सीमा से आगे न निकल जाए। वह मुझसे कहा करता था, "मैं चौक्के पसन्द करता हूँ, छक्के केवल संयोग से लग जाते हैं!"

छक्के की एक बानगी देखिए :

देश का बँटवारा होने से कुछ महीने पहले का ज़िक्र है। श्याम शाहिद लतीफ़ के घर से मेरे यहाँ चला आया था, बम्बई की भाषा में कड़की यानी मुफ़लिसी और तंगदस्ती के दिन थे।

मगर मदिरा-पान बड़ी नियमितता से जारी था। एक दिन श्याम बातों-ही-बातों में अधिक पी गया। राजा मेहदी अली ख़ाँ भी इत्तफ़ाक़ से उपस्थित था। कर्फ़्यू का समय हुआ, तो उसने जाने की अनुमति चाही। मैंने उससे कहा, "पागल हुए हो, पकड़े जाओगे!"

श्याम ने उससे मज़ाक़ में कहा, "यहीं सो जाओ। आजकल ताज़ी यहाँ नहीं है!"

राजा ने मुस्कराकर जवाब दिया, "मुझे नींद नहीं आएगी। स्प्रिंगवाली खाटों पर मैं क़तई सो नहीं सकता।"

श्याम ने एक गिलास में राजा के डीलडौल के अनुरूप ब्रांडी का पेग डाला और उसको दे दिया, "यह लो, इससे नींद आ जाएगी।"

राजा एक ही गिलास में सारा चढ़ा गया। बहुत देर तक ताज़ी की बातें होती रहीं, जो श्याम से नाराज़ होकर अपनी बहन के पास चली गई थी। हर आठवें-दसवें रोज़ निकम्मी बातों पर गृह-युद्ध हो जाता था। मैं बिलकुल

हस्तक्षेप नहीं करता था, इसलिए कि श्याम को यह बिलकुल पसन्द नहीं था। हम दोनों में गोया मन-ही-मन में यह समझौता हो चुका था कि एक-दूसरे के मामलों में दख़लन्दाज़ी नहीं करेंगे।

ताज़ी यों गई थी, जैसे कभी वापस नहीं आएगी और श्याम ने भी उसे ऐसे विदा किया था, जैसे वह फिर कभी उसका मुँह नहीं देखेगा। लेकिन दोनों एक-दूसरे से दूर बैठे तड़पते रहते थे। शामों को तो श्याम अकसर ताज़ी के प्रसंग में बहुत भावुक हो जाता था। मैं सोचता था कि वह अवश्य रात-भर उसकी याद में जागता रहेगा, मगर कमबख़्त नींद का कुछ ऐसा मुरीद था कि पलंग पर पड़ते ही सो जाता।

मेरे फ़्लैट में सिर्फ़ दो कमरे थे—एक सोने का कमरा, दूसरा बैठने का। सोनेवाला कमरा मैंने श्याम और ताज़ी को दे दिया था और बैठक के कमरे में गद्दा बिछाकर मैं सोता था। ताज़ी चूँकि नहीं थी, इसलिए उसका पलंग राजा मेहदी अली ख़ाँ को मिल गया। रात बहुत गुज़र गई थी, इसलिए हम सब अपनी-अपनी जगह पर सो गए।

अपनी आदत के अनुसार पौने छह के क़रीब मेरी आँख खुली। अर्द्धनिद्रा की स्थिति में यों महसूस हुआ कि मेरे साथ कोई लेटा है। पहले मैंने ख़याल किया कि बीवी है। मगर वह तो लाहौर में बैठी थी! आँखें खोलकर देखा, तो ज्ञात हुआ कि श्याम है। अब मैंने सोचना शुरू किया कि यह कैसे मेरे पास पहुँच गया? अभी यह सोच ही रहा था कि जले हुए कपड़े की बू नाक में घुसी। पास ही सोफ़ा पड़ा था। अरसा हुआ, सिगरेट गिरने से उसका एक भाग जल गया था, लेकिन इतनी देर के बाद अब बू आने का क्या मतलब है? आँखें अधिक खुलीं तो मैंने धुएँ की कड़वाहट महसूस की और हल्के-हल्के दूधिया बादल भी देखे। उठकर मैं दूसरे कमरे में गया। क्या देखता हूँ कि पलंग पर राजा मेहदी अली ख़ाँ अपनी तोंद निकाले खर्राटे भर रहा है।

मैंने नज़दीक जाकर पलंग के जले हुए भाग का निरीक्षण किया। टेयर्स में बड़ी थाली के बराबर सूराख था, जिसमें से धुआँ निकल रहा था। ऐसा मालूम होता

था कि किसी ने आग बुझाने का प्रयत्न किया है, क्योंकि पलंग पानी से तर था। मगर मामला चूँकि रुई और नारियल के फूस का था, इसलिए आग बुझी नहीं थी और बराबर सुलग रही थी। मैंने राजा को जगाने की कोशिश की, मगर वह करवट बदलकर और ज़ोर से खर्राटे लेने लगा। यकायक पलंग के काले छेद से एक लाल-लाल शोला बाहर लपका। मैं फ़ौरन ग़ुसलख़ाने की तरफ़ भागा। एक बाल्टी पानी उस सूराख में डाला। और जब पूरी तरह सन्तोष हो गया कि आग बुझ गई, तो राजा को झिंझोड़-झिंझोड़कर जगाया। उससे जब अग्निकांड के बारे में पूछा, तो उसने अपनी विशेष रीति से मज़ाक़िया अन्दाज़ में ख़ूब नमक-मिर्च लगाकर घटनाएँ सुनाईं :

"तुम्हारा यह श्याम रात ब्रांडी के तालाब में गोता लगाते हुए सो गया। दो बजे के क़रीब जब अजीब-अजीब आवाज़ें आईं, तो मैं जाग पड़ा। क्या देखता हूँ कि श्याम पलंग पर ज़ोर-जोर से उछल-कूद रहा है और आग लगा रहा है। जब आग लग गई, तो मैंने आँखें बन्द कर लीं और ब्रांडी के तालाब में गोता लगा गया। सतह के साथ लगकर सोने ही वाला था कि मुझे तुम्हारा ध्यान आया कि ग़रीब आदमी का पलंग ऐसा न हो कि जलकर राख हो जाए। अतः उठा। श्याम ग़ायब था। दूसरे कमरे में तुम्हें हालात से आगाह करने गया, तो यह देखता हूँ कि श्याम तुम्हारे साथ चिपटकर लेटा है। मैंने तुम्हें जगाने का प्रयत्न किया। अपने फेफड़ों पर ज़ोर लगा-लगाकर तुम्हें पुकारा। घंटे बजाए, एटम बम चलाए, मगर तुम न उठे। अन्त में मैंने हौले-हौले तुम्हारे कान में कहा, 'ख्वाजा, उठो! स्कॉच ह्विस्की की एक पूरी पेटी आई है!' तुमने फ़ौरन आँखें खोल दीं और पूछा, 'कहाँ?' मैंने कहा, 'होश में आओ, सारा मकान जल रहा है आग लग गई है!' तुमने कहा, 'बकते हो।' मैंने कहा, 'नहीं ख्वाजा, मैं ख्वाजा ख़िज्र की क़सम खाकर कहता हूँ, आग लगी है!'

"जब तुम्हें मेरे बयान पर विश्वास आ गया, तो तुम आराम से यह कहते हुए सो गए कि फ़ायर ब्रिगेड को इत्तला कर दो। तुम्हारी तरफ़ से मायूस होकर मैंने श्याम को परिस्थिति की गम्भीरता से आगाह करने की कोशिश की। जब वह इस लायक़ हुआ कि मेरी बात उसके दिमाग़ तक पहुँच सके, तो उसने मुझसे कहा, 'तुम बुझा दो न, यार! क्यों तंग करते हो?' और कमबख़्त सो

गया।...आग आख़िर आग है, और उसको बुझाना हर मनुष्य का कर्तव्य है। इसलिए मैं फ़ौरन अपनी सारी इनसानियत को एकजुट करके फ़ायर ब्रिगेड बन गया और वह जग, जो मैंने तुम्हारी वर्षगाँठ पर तुम्हें भेंट दिया था, भरकर आग पर डाल दिया। मेरा काम पूरा हो चुका था—नतीजा ख़ुदा के हाथ सौंपकर सो गया।"

श्याम जब पूरी नींद सोकर उठा, तो मैंने और राजा ने उससे पूछा कि आग कैसे लगी थी? श्याम को यह क़तई मालूम नहीं था। बहुत देर तक सोचने के बाद उसने कहा, "मैं आगजनी की इस घटना पर कोई प्रकाश नहीं डाल सकता।" मगर जब राजा दूसरे कमरे से श्याम की जली हुई क़मीज़ उठाकर लाया, तो श्याम ने मुझसे कहा, "अब जाँच करनी ही पड़ेगी।"

सबने मिलकर इन्क्वायरी की, तो मालूम हुआ कि श्याम साहब ने जो अंडर शर्ट पहनी थी, वह भी दो-एक जगह से जली हुई है। अधिक गहराई में गए, तो देखा कि उनकी छाती पर रुपये-रुपये जितने दो बड़े आबले हैं। अतः शरलाक होम्स ने अपने मित्र वाटसन से कहा, "यह बात निश्चित रूप से प्रमाणित हो चुकी है कि आग अवश्य लगी थी और श्याम केवल इस उद्देश्य से कि उसके पड़ोसी राजा मेहदी अली ख़ाँ को कोई तकलीफ़ न हो, चुपचाप उठकर मेरे पास चला आया।"

जब श्याम ने शिष्टता और सभ्यता के नियमों की ख़ातिर ताज़ी से बाक़ायदा शादी की, तो मेरा विचार है कि केवल एक प्रतिशोध की भावना के अन्तर्गत उसने इतनी शानदार दावत की कि देर तक फ़िल्मी दुनिया में इसकी चर्चा रही। इतनी शराब बहाई गई कि खम-के-खम ख़ाली हो गए। मगर अफ़सोस कि शिष्टता और सभ्यता की दागदार चोली के दाग धुल न सके!

श्याम सिर्फ़ बोतल और औरत का ही रसिया नहीं था। जीवन में जितनी नियामतें, जितनी सुन्दर वस्तुएँ उपलब्ध हैं, वह उन सबका आशिक था। अच्छी पुस्तक से भी वह उसी तरह प्यार करता था, जिस प्रकार एक अच्छी औरत से करता था। उसकी माँ उसके बचपन ही में मर गई थी, मगर उसको अपनी

सौतेली माँ से भी वैसा ही प्रेम था जो वास्तविक माँ से हो सकता था। उसके छोटे-छोटे सौतेले भाई-बहन थे। इन सबको वह अपनी जान से अधिक प्रिय समझता था। बाप की मृत्यु के बाद सिर्फ़ उसकी सौतेली माँ थी, जो इतने बड़े परिवार की देखभाल करती थी।

एक समय तक वह बड़ी तन्मयता के साथ दौलत और शोहरत प्राप्त करने के लिए हाथ-पाँव मारता रहा। इस बीच भाग्य ने उसे कई पलटे दिये। मगर वह हँसता रहा—प्यारी! एक दिन ऐसा भी आएगा कि तू मेरी बग़ल में होगी! और कई बरसों के बाद वह दिन आ ही गया कि दौलत और शोहरत दोनों उसकी जेब में थीं।

मौत से पहले उसकी आमदनी हज़ारों रुपये माहवार थी। बम्बई के बाहर एक ख़ूबसूरत बँगला उसकी सम्पत्ति था। और कभी वे दिन थे कि उसके पास सिर छिपाने को जगह नहीं थी। किन्तु ग़रीबी और मुफ़लिसी के इन दिनों में भी वह हँसता हुआ प्रसन्न श्याम था। दौलत और शोहरत आई, तो उसने उसका यों स्वागत न किया, जिस तरह लोग डिप्टी कमिश्नर या मिनिस्टर का करते हैं। ये दोनों श्रीमतियाँ उसके पास आईं, तो उसने इनको भी अपनी लोहे की चारपाई पर बिठा लिया और गरम-गरम चुम्बन लिये!

मैं और वह जब एक छत के नीचे रहते थे, तो दोनों की हालत पतली थी। फ़िल्म इंडस्ट्री देश की राजनीति की तरह एक बड़े ही नाज़ुक दौर से गुज़र रही थी। मैं बम्बई टॉकीज में मुलाजिम था। उसका वहाँ एक पिक्चर का कंट्रैक्ट था, दस हज़ार रुपये में। काफ़ी दिनों की बेकारी के बाद उसको यह काम मिला था। लेकिन समय पर पैसे नहीं मिलते थे। बहरहाल, हम दोनों का निर्वाह किसी-न-किसी प्रकार हो ही जाता था। मियाँ-बीवी होते, तो उनमें भी रुपये-पैसे के मामले में ज़रूर वाक्युद्ध होता, मगर श्याम और मुझे कभी महसूस तक न हुआ कि हममें से कौन ख़र्च कर रहा है और कितना ख़र्च कर रहा है।

एक दिन उसे बड़ी कोशिशों के बाद एक मोटी-सी रक़म मिली (शायद पाँच सौ रुपये थे) मेरी जेब ख़ाली थी। हम मलाड से घर आ रहे थे। रास्ते में श्याम का यह प्रोग्राम बन गया कि वह चर्च गेट किसी दोस्त से मिलने जाएगा। मेरा स्टेशन आया, तो उसने जेब से दस-दस रुपये के नोटों की गड्डी

निकाली। आँखें मूँदकर उनके दो हिस्से किए और मुझसे कहा, "जल्दी करो, मंटो, इनमें से एक ले लो!"

मैंने गड्डी का एक हिस्सा पकड़कर जेब में डाल लिया और प्लेटफ़ार्म पर उतर गया। श्याम ने मुझे टा-टा कहा और कुछ नोट जेब से निकालकर लहराये, "तुम भी क्या याद रखोगे। हिफ़ाजत की ख़ातिर मैंने ये नोट अलग रख दिये थे—आदाब!"

शाम को जब वह अपने दोस्त से मिलकर आया, तो ग़ुस्से में जलकर कबाब हो रहा था। प्रसिद्ध फ़िल्म स्टार के. के. ने उसको बुलाया था कि वह उससे एक प्राइवेट बात करना चाहती है। श्याम ने ब्रांडी की बोतल बग़ल में से निकालकर और गिलास में एक बड़ा पेग डालकर मुझसे कहा, "प्राइवेट बात यह थी कि मैंने लाहौर में एक बार किसी से कहा था कि के. के. मुझ पर मरती है। ख़ुदा की क़सम, बहुत बुरी तरह मरती थी! लेकिन उन दिनों मेरे दिल में उसके लिए कुछ गुंजाइश नहीं थी। आज मुझे अपने घर पर बुलाकर कहा कि तुमने बकवास की थी, मैं तुम पर कभी नहीं मरी। मैंने कहा, तो आज मर जाओ! मगर उसने हठधर्मी से काम लिया और मुझे ग़ुस्से में आकर उसको एक घूँसा मारना पड़ा।"

मैंने उससे पूछा, "तुमने एक औरत पर हाथ उठाया?"

श्याम ने मुझे अपना हाथ दिखाया, जो घायल हो रहा था, "कमबख़्त आगे से हट गई! निशाना चूका और मेरा घूँसा दीवार के साथ जा टकराया!"

यह कहकर वह ख़ूब हँसा, "साली बेकार तंग कर रही है!"

मैंने ऊपर रुपये-पैसे की चर्चा की है। लगभग दो बरस पीछे की बात है। मैं यहाँ लाहौर में फ़िल्म-उद्योग की शोचनीय दशा और अपनी कहानी 'ठंडा गोश्त' के मुक़दमे के कारण बहुत परेशान था। अदालत-मातहत ने मुझे अपराधी ठहराकर तीन महीने के कठोर कारावास और तीन सौ रुपये जुरमाने की सज़ा दी थी। मेरा दिल इस कदर खट्टा हो गया था कि जी चाहता था कि अपनी समस्त साहित्यिक कृतियों को आग में झोंक दूँ और कोई धन्धा शुरू कर दूँ, जिसका

नैतिकता से कोई सम्बन्ध न हो, जिस पर क़ानून के दावेदार, शान्ति और व्यवस्था के ठेकेदार कोई प्रहार न कर सकें—चुंगी विभाग में नौकर हो जाऊँ और रिश्वत खाकर अपना और अपने बच्चों का पेट पाला करूँ—न किसी की आलोचना या किसी पर नुक्ताचीनी करूँ, न किसी मामले में अपनी राय दूँ।

एक अजीबोग़रीब दौर से मेरा दिल व दिमाग़ गुज़र रहा था। कुछ लोग समझते थे कि कहानियाँ और अफ़साने लिखकर उन पर मुक़दमे चलवाना मेरा ख़ानदानी पेशा है। कुछ कहते थे, मैं सिर्फ़ इसलिए लिखता हूँ कि सस्ती ख्याति प्राप्त करने का भूखा हूँ और लोगों की भावनाएँ भड़काकर अपना उल्लू सीधा करता हूँ। मुझ पर चार मुक़दमे चल चुके हैं। इन चार उल्लुओं को सीधा करने में जो खम मेरी कमर में पैदा हुआ, उसको कुछ मैं ही जानता हूँ!

आर्थिक स्थिति कुछ पहले ही कमज़ोर थी। आसपास के वातावरण ने जब निकम्मा, निष्क्रिय और पस्तहिम्मत कर दिया, तो आमदनी के सीमित साधन और भी संकुचित हो गए।

इस ज़माने में मेरा किसी से पत्र-व्यवहार नहीं था। वास्तव में मेरा दिल बिलकुल उचाट हो चुका था। अकसर घर से बाहर रहता और अपने शराबी दोस्तों के घर पड़ा रहता, जिनका साहित्य और कला से दूर का भी नाता नहीं था। उनकी सोसाइटी में रहकर, उनकी घिनौनी संगत में रहकर शारीरिक और आध्यात्मिक आत्महत्या के प्रयत्नों में व्यस्त था।

एक दिन मुझे किसी और के घर के पते से एक ख़त मिला। 'तहसीन पिक्चर्स' के मालिक की ओर से था। लिखा था कि मैं फ़ौरन मिलूँ। बम्बई से उन्हें मेरे बारे में कोई हिदायत प्राप्त हुई है। केवल यह मालूम करने के लिए कि हिदायत भेजनेवाला कौन महापुरुष है, मैं तहसीन पिक्चर्स वालों से मिला। ज्ञात हुआ कि बम्बई से उन्हें श्याम के एक-के-बाद-एक तार मिले हैं कि मुझे ढूँढ़कर पाँच सौ रुपये दे दिये जाएँ। मैं जब दफ़्तर पहुँचा, तो वह श्याम के ताजे ताकीदी तार का जवाब लिख रहे थे कि काफ़ी ढूँढ़-खोज करने के बावजूद उन्हें मंटो नहीं मिल सका है!

मैंने रुपये ले लिये और मेरी मखमूर आँखों में आँसू आ गए। मैंने बहुत कोशिश की कि श्याम को पत्र लिखकर धन्यवाद दे दूँ और पूछूँ कि उसने मुझे

रुपये क्यों भेजे थे? क्या उसको मालूम था कि मेरी आर्थिक स्थिति कमज़ोर है? इस उद्देश्य से मैंने कई पत्र लिखे और फाड़ दिये। ऐसा महसूस हो रहा था कि मेरे लिखे हुए शब्द श्याम की उस भावना का मुँह चिढ़ा रहे हैं, जिसके प्रभाव से उसने मुझे ये रुपये भेजे थे।

पिछले साल जब श्याम अपनी निजी फ़िल्म के प्रदर्शन के सिलसिले में अमृतसर आया, तो थोड़ी देर के लिए लाहौर भी आ गया। यहाँ उसने बहुत से लोगों से मेरा अता-पता पूछा। परन्तु उसी बीच ख़ुशक़िस्मती से मुझे भी मालूम हो गया कि श्याम लाहौर में आया हुआ है। मैं उसी समय दौड़ा हुआ उस सिनेमा में जा पहुँचा, जहाँ वह एक दावत खाकर आ रहा था।

मेरे साथ रशीद अत्रे थे—श्याम के पूना के पुराने मित्र। जब उसकी मोटर ने सिनेमा के सहन में प्रवेश किया, तो श्याम ने मुझे और रशीद को देख लिया और एक ज़ोर का नारा उसने बुलन्द किया। उसने ड्राइवर से मोटर रोकने के लिए बहुत कहा, लेकिन उसके स्वागत के लिए इतनी अधिक भीड़ थी कि ड्राइवर न रुका। मोटर से निकलकर पुलिस की सहायता से श्याम और ओम, एक ही तरह का लिबास पहने और सिर पर सफ़ेद पनामा हैट लगाए, सिनेमा के अन्दर पिछले दरवाज़े से दाख़िल हुए। बड़े दरवाज़े से हम अन्दर पहुँचे। श्याम वही श्याम था—मुस्कराता, हँसता और ठहाके लगाता श्याम!

दौड़कर वह हम दोनों से लिपट गया। फिर इतना अधिक शोर मचा कि हममें से कोई भी काम की बात, मतलब की बात न कर सका। ऊपर-तले इतनी बातें हुईं कि अम्बार लग गए और हम उसमें दबकर रह गए। सिनेमा से फारिग होकर उसे एक फ़िल्म डिस्ट्रीब्यूटर के दफ़्तर में जाना था। हमें भी अपने साथ ले गया। यहाँ जो बात भी शुरू होती, फ़ौरन कट जाती। लोग धड़ाधड़ आ रहे थे। नीचे बाज़ार में जन-समूह शोर मचा रहा था कि श्याम दर्शन देने के लिए बाहर बालकनी में आए!

श्याम की स्थिति विचित्र थी। उसको लाहौर में अपनी उपस्थिति का तीव्र एहसास था—इस लाहौर में, जिसकी कई सड़कों पर उसके रूमानों, उसके

रोमांसों और उसकी मुहब्बत के छींटे बिखरा करते थे; इस लाहौर में, जिसकी दूरी अब अमृतसर से हज़ारों मील हो गई थी! और श्याम का रावलपिंडी कहाँ था, जहाँ उसने अपने लड़कपन के दिन गुज़ारे थे? लाहौर, अमृतसर और रावलपिंडी—सब अपनी-अपनी जगह पर यथास्थान थे, मगर वे दिन नहीं थे, वे रातें नहीं थीं, जो श्याम यहाँ छोड़कर गया था! राजनीति के कफ़नखसोटों ने उन्हें न मालूम कहाँ दफ़न कर दिया!

श्याम ने मुझसे कहा, "मेरे साथ रहो।"

किन्तु उसके दिल-व-दिमाग़ की बेचैनी की अनुभूति ने मुझे बहुत ही खिन्न कर दिया। उससे यह वायदा करके कि रात को उससे फ़्लैटीज होटल में मिलूँगा, मैं चला गया।

श्याम से इतने दिनों के बाद भेंट हुई थी, मगर प्रसन्नता के बजाय एक अजीब-सी घुटन महसूस हो रही थी। मन में इतनी अधिक झुँझलाहट थी कि जी चाहता था किसी से ज़बरदस्त लड़ाई हो जाए, ख़ूब मारकटाई हो और मैं थककर सो जाऊँ। इस घुटन का विश्लेषण किया, तो कहाँ-का-कहाँ पहुँच गया—एक ऐसी जगह, जहाँ विचारों के सारे धागे बुरी तरह आपस में उलझ गए। इससे तबीयत और भी झुँझला गई और फ़्लैटीज में जाकर मैंने एक दोस्त के कमरे में पीनी शुरू कर दी।

नौ-साढ़े नौ के क़रीब शोर सुनने पर मालूम हुआ कि श्याम आ गया है। उसके कमरे में मिलनेवालों की वैसी ही भीड़ थी। थोड़ी देर वहाँ बैठा लेकिन खुलकर बात नहीं हुई। ऐसा मालूम होता था कि हम दोनों की भावनाओं में ताले लगाकर चाबियाँ किसी ने एक बहुत बड़े गुच्छे में पिरो दी हैं, हम दोनों उस गुच्छे में से एक-एक चाबी निकालकर ये ताले खोलने का प्रयत्न करते और असफल रहते थे।

मैं उकता गया। डिनर के बाद श्याम ने बड़े भावुक ढंग का भाषण दिया, मगर मैंने उसका एक शब्द तक न सुना। मेरा अपना दिमाग़ बड़े ऊँचे स्वरों में जाने क्या बक रहा था। श्याम ने अपनी बकवास ख़त्म की, तो लोगों ने भरे पेट के साथ तालियाँ पीटीं। मैं उठकर कमरे में चला गया। वहाँ फ़ज़ली बैठे थे। उनसे एक साधारण बात पर खट-पट हो गई। श्याम

आया, तो उसने कहा, "ये सब लोग हीरामंडी जा रहे हैं। चलो, आओ, तुम भी चलो।"

मैं क़रीब-क़रीब रो दिया, "मैं नहीं जाता, तुम जाओ और तुम्हारे ये लोग जाएँ!"

"तो मेरा इन्तज़ार करो—मैं अभी आता हूँ।"

यह कहकर श्याम हीरामंडी जानेवाली पार्टी के साथ चला गया। मैंने श्याम को और फ़िल्म-उद्योग से सम्बन्धित तमाम लोगों को मोटी-मोटी गालियाँ दीं। फ़ज़ली से कहा, "मेरा ख़याल है, आप तो यहाँ इन्तज़ार करेंगे। अगर तकलीफ़ न हो, तो मेहरबानी करके अपनी मोटर में मुझे मेरे घर तक छोड़ आइए।"

रात-भर ऊट-पटाँग सपने देखता रहा। श्याम से कई बार लड़ाई हुई। सुबह दूधवाला आया, तो मैं खोखले ग़ुस्से में उससे कह रहा था, "तुम बिलकुल बदल गए हो!...उल्लू के पट्ठे! कमीने! जलील! तुम हिन्दू हो!" नींद खुली, तो मैंने महसूस किया कि मेरे मुँह से एक बहुत बड़ी गाली निकल गई है किन्तु जब मैंने अपने को अच्छी तरह टटोला, तो विश्वास हो गया कि यह मेरा मुँह नहीं था—राजनीति का भोंपू था, जिससे यह गाली निकली थी। इसके विषय में सोचते हुए मैंने दूधवाले से दूध लिया, जिसमें एक-चौथाई पानी था। इस विचार ने मुझे बड़ी ढाढ़स दी कि श्याम हिन्दू था, मगर पानी-मिला हिन्दू नहीं था।

काफ़ी दिन बीत चुके। जब देश-विभाजन पर हिन्दू-मुसलमानों में खूँरेज जंग जारी थी और दोनों ओर के हज़ारों आदमी रोज़ाना मरते थे, श्याम और मैं रावलपिंडी से भागे हुए एक सिख-परिवार के पास बैठे थे। उस कुनबे के व्यक्ति अपने ताज़ा ज़ख़्मों की कहानी सुना रहे थे, जो बहुत ही दर्दनाक थी। श्याम प्रभावित हुए बिना न रह सका। वह हलचल, जो उसके मस्तिष्क में मच रही थी, उसको मैं अच्छी तरह समझता था। जब हम वहाँ से विदा हुए, तो मैंने श्याम से कहा, "मैं मुसलमान हूँ। क्या तुम्हारा जी नहीं चाहता कि मेरी हत्या कर दो?"

श्याम ने बड़ी संजीदगी से उत्तर दिया, "इस समय नहीं...लेकिन उस समय, जब मैं मुसलमानों द्वारा किए गए अत्याचारों की दास्तान सुन रहा था, तुम्हें कत्ल कर सकता था!"

श्याम के मुँह से यह सुनकर मेरे हृदय को ज़बरदस्त धक्का लगा। इस समय शायद मैं भी उसे कत्ल कर सकता—किन्तु बाद में जब मैंने सोचा और उस समय और बाद के विचारों में मैंने धरती व आकाश का अन्तर अनुभव किया, तो इन दंगों का मनोवैज्ञानिक पहलू मेरी समझ में आ गया, जिसमें नित्य सैकड़ों निरपराध हिन्दू और बेगुनाह मुसलमान मौत के घाट उतारे जा रहे थे।

इस समय नहीं।...उस समय हाँ।—क्यों? आप सोचिए, तो आपको इस 'क्यों' के पीछे मनुष्य की प्रकृति और मानव-स्वभाव में इस प्रश्न का सही उत्तर मिल जाएगा।

बम्बई में भी साम्प्रदायिक तनातनी दिन-प्रतिदिन बढ़ती जा रही थी। बम्बई टॉकीज की प्रबन्ध-व्यवस्था जब अशोक और वाचा ने सँभाली, तो बड़े-बड़े पद संयोग से मुसलमानों के हाथों में चले गए। इससे बम्बई टॉकीज के हिन्दू स्टाफ में घृणा और क्रोध की लहर दौड़ गई। वाचा को गुमनाम पत्र प्राप्त होने लगे, जिसमें स्टूडियो को आग लगाने और मरने-मारने की धमकियाँ होती थीं—अशोक और वाचा दोनों को इन धमकियों की कोई परवाह नहीं थी, किन्तु मैं कुछ दूरदर्शी एवं मुसलमान होने के कारण स्थिति की गम्भीरता को बहुत अधिक महत्त्व दे रहा था। कई बार मैंने अशोक और वाचा से अपनी चिन्ता प्रकट की और उनको राय दी कि वे मुझे बम्बई टॉकीज से अलग कर दें, क्योंकि हिन्दू यह समझते थे कि केवल मेरे कारण मुसलमान वहाँ स्थान पा रहे हैं। मगर उन्होंने कहा कि मेरा दिमाग़ ख़राब है!

दिमाग़ मेरा वास्तव में ख़राब हो रहा था। बीवी-बच्चे पाकिस्तान में थे। जब वह भारत का एक भाग था, तो मैं उसे जानता था। उसमें यदा-कदा जो हिन्दू-मुस्लिम दंगे होते रहते थे, मैं उनसे भी परिचित था। किन्तु अब इस भू-भाग को नए नाम 'पाकिस्तान' ने क्या बना दिया था, इसका मुझे ज्ञान नहीं था।

14 अगस्त, 1947 का दिन मेरे सामने बम्बई में मनाया गया। पाकिस्तान और भारत, दोनों देश स्वतंत्र घोषित किए गए थे। लोग बहुत प्रसन्न थे। मगर कत्ल और आग की वारदातें बाक़ायदा जारी थीं। स्वतंत्र भारत की जय के साथ-साथ पाकिस्तान ज़िन्दाबाद के नारे भी लगते थे। कांग्रेस के तिरंगे के साथ इस्लामी परचम भी लहराता था। पंडित जवाहरलाल नेहरू और क़ायदे आजम

मोहम्मद अली जिन्ना—दोनों के नारे बाज़ारों में गूँजते थे। समझ में नहीं आता था कि भारत अपनी मातृभूमि है या पाकिस्तान, अपना वतन और वह लहू किसका है, जो हर रोज़ इतनी बेदर्दी से बहाया जा रहा है...वे हड्डियाँ कहाँ जलाई जाएँगी या दफ़्न की जाएँगी, जिन पर से मज़हब और धर्म का गोश्त चीलें और गिद्ध नोच-नोचकर खा गए थे? अब कि हम आज़ाद हुए हैं, हमारा गुलाम कौन होगा? जब ग़ुलाम थे, तो स्वतंत्रता की कल्पना कर सकते थे। अब स्वतंत्र हैं, तो ग़ुलामी की कल्पना, उसकी रूपरेखा क्या होगी? लेकिन प्रश्न यह है कि हम आज़ाद भी हुए हैं या नहीं?

हिन्दू और मुसलमान धड़ाधड़ मर रहे थे। कैसे मर रहे थे, क्यों मर रहे थे—उन प्रश्नों के उत्तर भी भिन्न-भिन्न थे—भारतीय उत्तर, पाकिस्तानी जवाब, अंग्रेज़ी आन्सर। हर सवाल का जवाब मौजूद था। मगर इस जवाब में वास्तविकता तलाश करने का सवाल पैदा होता तो उसका कोई उत्तर न मिलता। कोई कहता, इसे गदर के खँडहरों में ढूँढ़ो। कोई कहता, नहीं, यह ईस्ट इंडिया कम्पनी की हुकूमत में मिलेगा। कोई और पीछे हटकर उसे मुग़लिया ख़ानदान के इतिहास में टटोलने के लिए कहता। सब पीछे-ही-पीछे हटते जाते थे और पेशेवर कातिल और लुटेरे बराबर आगे बढ़ते जा रहे थे और लहू और लोहे का ऐसा इतिहास लिख रहे थे, जिसका उदाहरण विश्व-इतिहास में कहीं भी नहीं मिलता।

भारत स्वतंत्र हो गया था। पाकिस्तान अस्तित्व में आते ही आज़ाद हो गया था। लेकिन इनसान दोनों में ग़ुलाम था—घृणा और द्वेष का ग़ुलाम... धार्मिक पागलपन और जुनून का ग़ुलाम...पशुता और अत्याचार का ग़ुलाम!

मैंने बम्बई टॉकीज जाना छोड़ दिया। अशोक और वाचा आते, तो मैं अस्वस्थता का बहाना कर देता। इसी प्रकार कई दिन बीत गए। श्याम मुझे देखता और मुस्करा देता। उसको मेरी मानसिक और आन्तरिक वेदना का पूरा ज्ञान था, वह मेरे उत्पीड़न को जानता था। कुछ दिन बहुत अधिक पीकर मैंने यह काम भी छोड़ दिया था। सारा दिन गुमसुम पड़ा रहता। सोफ़े पर लेटा रहता। एक दिन श्याम स्टूडियो से आया, तो उसने मुझे लेटा देखकर मज़ाक़िया अन्दाज़ में कहा, "क्यों ख्वाजा, जुगाली कर रहे हो?"

मुझे बहुत झुंझलाहट होती थी कि श्याम मेरी तरह क्यों नहीं सोचता! उसके दिलो-दिमाग़ में वह तूफ़ान क्यों बरपा नहीं है जिसके साथ मैं दिन-रात लड़ता रहता हूँ? वह उसी तरह मुस्कराता, हँसता और शोर मचाता। मगर शायद वह इस निष्कर्ष पर पहुँच चुका था कि जो दूषित वातावरण इस समय चारों ओर मौजूद था, उसमें सोचना ही बेकार था।

मैंने बहुत चिन्तन किया, मगर कुछ समझ में न आया। आख़िर तंग आकर मैंने कहा, "हटाओ, चलें यहाँ से!"

श्याम की नाइट शूटिंग थी। मैंने अपना असबाब आदि बाँधना आरम्भ कर दिया। सारी रात इसी में गुज़र गई। सुबह हुई, तो श्याम शूटिंग से निवृत्त होकर आया। उसने मेरा बँधा हुआ सामान देखा, तो मुझसे केवल इतना पूछा, "मंटो, चले?"

मैंने भी केवल इतना ही कहा, "हाँ, दोस्त!"

इसके बाद मेरे और उसके बीच इस 'पलायन' के बारे में कोई बात न हुई। शेष सामान रखवाने में उसने मेरा हाथ बँटाया। इस दौरान रात की शूटिंग के लतीफ़े सुनाता रहा और ख़ूब हँसता रहा। जब मेरे रवाना होने का समय आया, तो उसने आलमारी में से ब्रांडी की बोतल निकाली। दो पेग बनाए और एक मुझे दिया।

श्याम ने ठहाका लगाते हुए मुझे अपने चौड़े सीने के साथ भींच लिया, "सूअर कहीं के!"

मैंने अपने आँसू रोके, "पाकिस्तान के...!"

श्याम ने प्रेमपूर्वक नारा बुलन्द किया, "ज़िन्दाबाद पाकिस्तान!"

"ज़िन्दाबाद हिन्दुस्तान!" और मैं नीचे चला गया, जहाँ ट्रकवाला मेरी प्रतीक्षा कर रहा था।

बन्दरगाह तक श्याम मेरे साथ गया। जहाज़ चलने में काफ़ी देर थी। वह इधर-उधर के लतीफ़े सुनाकर मेरा दिल बहलाता रहा। जब जहाज़ ने सीटी दी, तो उसने मेरा हाथ दबाया और गैंग-वे से नीचे उतर गया। मुड़कर

उसने मेरी तरफ़ न देखा और मज़बूत क़दम उठाता हुआ बन्दरगाह से बाहर चला गया।

मैंने लाहौर पहुँचकर उसको पत्र लिखा। 19.1.48 को उसका जवाब आया :

यहाँ तुम्हें सब लोग याद करते हैं। तुम्हारे व्यक्तित्व और तुम्हारी सज्जनता की अनुपस्थिति को महसूस करते हैं। तुम्हारे उस प्रेम को याद करते हैं, जो तुम खुले हृदय से उन पर न्योछावर करते थे। वाचा अभी तक इस बात पर अड़े हुए हैं कि तुम कन्नी काट गए—इस बार उनको सूचित किए बिना पाकिस्तान भागकर! यह विचित्र विडम्बना है कि वह, जो बम्बई टॉकीज में मुसलमानों के प्रवेश के विरोध में सबसे आगे था, सबसे पहला आदमी था, जो पाकिस्तान भागकर चला गया—ख़ुद को अपने दृष्टिकोण और सिद्धान्तों का शिकार बनाते हुए! यह वाचा का अपना दृष्टिकोण है। मुझे आशा है कि तुमने उसको अवश्य पत्र लिखा होगा। यदि नहीं लिखा, तो फ़ौरन लिखो, कम-से-कम शराफ़त का यही तक़ाज़ा है, शिष्टाचार की यही माँग है!

तुम्हारा
श्याम

सितारा

मैंने अपने जीवन में कई स्त्रियों के चरित्र और व्यवहार का अध्ययन किया है, परन्तु वास्तविकता और तथ्य यह है कि जब मुझे धीरे-धीरे सितारा की ज़िन्दगी के हालात मालूम हुए, तो मैं चकरा गया। वह स्त्री नहीं, एक तूफ़ान है और वह भी ऐसा तूफ़ान कि जो केवल एक बार आकर नहीं टलता, बार-बार आता है। सितारा यों तो दरमियाने क़द की औरत है, मगर बला की मज़बूत है। उसने जितनी बीमारियाँ सही हैं, मेरा विचार है, यदि किसी अन्य स्त्री को हुई होतीं, तो वह कभी जीवित न रह सकती।

मैंने देखा है कि सवेरे उठकर वह कम-से-कम एक घंटे तक व्यायाम और नृत्य-कला का अभ्यास करती और यह अभ्यास कोई साधारण नहीं होता। एक घंटे भरपूर नाचना हड्डियों तक को थका देता है। लेकिन सितारा मुझे कभी थकी दिखाई नहीं दी। वह थकनेवाली जिन्स नहीं। दूसरे थक-हार जाएँगे, मगर वह वैसी-की-वैसी रहेगी, जैसे उसने कोई परिश्रम किया ही नहीं। उसको अपनी कला से प्रेम है, इसी तरह का घनिष्ठ प्रेम, जो वह विभिन्न पुरुषों से करती रही है।

मामूली-से डांस के लिए वह इतनी मेहनत करेगी, जितनी कोई नर्तकी आयु-पर्यन्त नहीं कर सकती। उसकी तबीयत में उपज है। वह हमेशा कोई

विशेष बात पैदा करना चाहेगी। चलते-फिरते जो एक नटनी में हो सकती है, सितारा में अधिक-से-अधिक मौजूद है। वह एक पल के लिए भी नीचे नहीं बैठ सकती। उसकी बोटी-बोटी, उसका अंग-अंग थिरकता है।

कहा जाता है कि वह नेपाल की रहनेवाली है। मुझे इसके बारे में प्रामाणिक रूप से कुछ ज्ञात नहीं! लेकिन मैं जानता हूँ कि सितारा के अलावा उसकी दो बहनें और थीं। यह त्रिकोण इस तरह पूरा होता है तारा, सितारा और अलकनन्दा। तारा और अलकनन्दा तो अब लगभग लुप्त हो चुकी हैं!

इन तीनों बहनों की ज़िन्दगी वैसे बहुत दिलचस्प है। सितारा का कई पुरुषों से सम्बन्ध रहा। इस भीड़ में एक शौकत हाशमी भी हैं, जो अब तक कई पापड़ बेल चुके हैं। हाल ही में उनकी बीवी पूर्णिमा ने उनसे तलाक़ लिया है और वह इस सिलसिले में बड़े दर्दनाक बयान दे चुके हैं। अलकनन्दा कई हाथों से गुज़री और अन्त में प्रभात के ख्याति-प्राप्त ऐक्टर बलवन्तसिंह के पास पहुँची। उसके पास वह अभी तक है या नहीं, इसकी मुझे जानकारी नहीं। इन तीनों बहनों के जीवन की कहानी विस्तारपूर्वक यदि लिखी जाए, तो इसमें हज़ारों सफ़े काले किए जा सकते हैं।

सितारा के सम्बन्ध में, जैसाकि मैं इस लेख के आरम्भ में कह चुका हूँ, पूरे विस्तार से लिखते हुए झिझकता हूँ। वह एक नारी नहीं, कई नारियाँ हैं। उसने इतने अधिक प्रेम और शारीरिक सम्बन्ध किए हैं कि मैं इस संक्षिप्त लेख में उन सबका उल्लेख नहीं कर सकता।

सितारा की मैं जब भी कल्पना करता हूँ, तो वह मुझे बम्बई की एक ऐसी पंचमंज़िली बिल्डिंग-सी प्रतीत होती है, जिसमें कई फ़्लैट और कई कमरे हों और यह तथ्य है कि वह एक ही समय में कई-कई मर्द अपने दिल में बसाए रखती थी। मुझे इतना मालूम है कि जब वह पहले-पहल बम्बई में आई, तो उसका सम्बन्ध एक गुजराती फ़िल्म डायरेक्टर देसाई से स्थापित हुआ!

उससे मेरी भेंट उस ज़माने में हुई, जब सरोज फ़िल्म कम्पनी जीवित थी। मेरी-उसकी फ़ौरन दोस्ती हो गई, इसलिए कि वह कला का पुजारी और प्रेमी था, साथ ही साहित्यिक शौक़ भी रखता था। इसी दौरान मुझे मालूम हुआ कि सितारा उसकी धर्मपत्नी है, किन्तु उससे अलग हो गई है। देसाई को मगर इस

जुदाई का इतना रंज नहीं था। उसकी बातों से मुझे केवल इतना मालूम हुआ कि वह उस औरत से पूरी तरह निबट नहीं सकता था।

सितारा इस ज़माने में किसी और के पास थी। लेकिन कभी-कभी अपने पति देसाई के पास भी आ जाती थी। वह स्वाभिमानी पुरुष था, इसलिए वह सितारा के प्रति लापरवाही बरतता था और उसे संक्षिप्त-सी भेंट के बाद विदा कर दिया करता था।

हिन्दू धर्म और हिन्दू मत के अनुसार उस समय कोई स्त्री तलाक़ नहीं ले सकती थी। इसलिए अब भी वह श्रीमती देसाई है, हालाँकि वह कई मर्दों से सम्बन्ध स्थापित करके उनसे सम्बन्ध-विच्छेद भी कर चुकी है। मैं यह उस ज़माने की बात कर रहा हूँ, जब डायरेक्टर महबूब का सितारा बुलन्दी पर था। महबूब ने उसे अपनी किसी फ़िल्म में लिया, तो उसके साथ सितारा के शारीरिक सम्बन्ध भी फ़ौरन स्थापित हो गए। इसकी दास्तान मेरी कलम बयान नहीं कर सकती—केवल बब्बो (इशरतजहाँ) की ज़बान ही बयान कर सकती है।

आउटडोर शूटिंग के सिलसिले में महबूब को हैदराबाद जाना पड़ा था। वहाँ महबूब साहब नियमित रूप से हस्ब-दस्तूर नमाज पढ़ते थे और सितारा से इश्क़ फ़रमाते थे।

बम्बई में एक स्टूडियो 'फ़िल्म सिटी' था। महबूब ने सम्भवतः इसी में अपनी कोई फ़िल्म बनानी शुरू की थी। इन दिनों वहाँ साउंड रिकॉर्ड करनेवाले श्री पी.एन. अरोड़ा थे। (जो अब प्रसिद्ध प्रोड्यूसर हैं।)

डायरेक्टर महबूब से तो सितारा का सिलसिला चल रहा था, लेकिन साप्ताहिक 'रियासत', दिल्ली के सम्पादक सरदार दीवानसिंह 'मकतून' के कथनानुसार उसका टाँका पी.एन. अरोड़ा से भी मिल गया।

डायरेक्टर महबूब ने फ़िल्म ख़त्म की, तो सितारा पी.एन. अरोड़ा के यहाँ बतौर रखैल या बीवी बन के रहने लगी। लेकिन इस बीच एक दूसरी ट्रेजेडी हो गई। वह यह कि फ़िल्म सिटी में ही एक नये सज्जन—नज़ीर मियाँ—तशरीफ़ लाए। यह बड़े ख़ूबसूरत और सुन्दर जवान थे। कम उम्र, ताज़ा-ताज़ा देहरादून

से शिक्षा प्राप्त करके आए थे। गाल सुर्ख़ व सफ़ेद थे। उनको शौक़ था कि फ़िल्मी दुनिया में दाख़िल हों।

जब आए, तो फ़ौरन उन्हें एक फ़िल्म में रोल मिल गया। इत्तफ़ाक़ से इस कास्ट में सितारा भी शामिल थी, जो एक ही समय में पी.एन. अरोड़ा, डायरेक्टर महबूब और अपने पति मिस्टर देसाई के पास आया-जाया करती थी।

मालूम नहीं यह पहले की बात है या बाद की, मगर सितारा की दोस्ती नज़ीर से भी हो गई, जिसकी पहली रखैल (जो एक यहूदी ऐक्ट्रेस—यासमीन थी) उसे धता बताकर भाग गई थी। मुझे मालूम नहीं किन परिस्थितियों में इनकी भेंट हुई, लेकिन मैं इतना अवश्य जानता हूँ कि इन दोनों में गाढ़ी छनने लगी। नज़ीर सितारा पर लट्टू था और सितारा नज़ीर पर अपनी जान न्योछावर करती थी।

मैं नज़ीर को अच्छी तरह जानता हूँ। वह बड़ा सख़्त-मिज़ाज, कठोर प्रकृति का आदमी है। वह औरत को कुचलकर रखने के दकियानूसी विचारों का अनुयायी है। औरत का ज़िक्र ही क्या, मर्द भी जो उसकी नौकरी में हों, उन्हें उसकी गालियाँ और घुड़कियाँ सहनी पड़ती हैं।

वह आदमी नहीं, भूत है। लेकिन बड़ा शरीफ़ और वफ़ादार भूत। वह मेरा दोस्त है। जब कभी मुझसे मिलता है, सलाम-दुआ की बजाय गालियाँ देता है। लेकिन मैं जानता हूँ, वह खुले दिल का स्पष्टवादी आदमी है और उसका हृदय प्रेम से भरपूर है।

इस स्पष्टवादी और खुले दिल के आदमी ने सितारा को कई बरस बरदाश्त किया। इसकी कठोर तबीयत के कारण सितारा को इतना साहस न हुआ कि वह अपने पुराने आशनाओं से, पुराने दोस्तों से सम्बन्ध क़ायम रखे। लेकिन वह स्त्री, जो केवल एक पुरुष के प्रेम से, सन्तुष्ट न रहती हो, उसका क्या इलाज है? सितारा ने कुछ देर के बाद वही सिलसिला शुरू कर दिया, जिसकी वह अभ्यस्त थी। अरोड़ा, अलनासिर, महबूब और पतिदेव मिस्टर देसाई—सभी उसके प्रेम से, उसकी कृपाओं से लाभान्वित होते रहे। यह चीज़ नज़ीर की स्वाभिमानी तबीयत पर भार-स्वरूप गुज़रती थी। वह ऐसा आदमी है कि एक बार किसी स्त्री से सम्बन्ध स्थापित कर ले, तो उसे निभाना जानता

है। मगर सितारा तो किसी और ही मिट्टी-पानी की बनी थी। वह नज़ीर-जैसे आदमी से भी सन्तुष्ट नहीं थी।

मैं इसमें सितारा का कोई दोष नहीं देखता। जो-कुछ भी उससे हुआ, सरासर उसकी अपनी प्रकृति के अनुरूप ही हुआ। क़ुदरत ने उसको इस तौर से बनाया है कि वह सैकड़ों हाथों में खड़कनेवाला जाम ही बनी रहेगी। कोशिश के बावजूद वह अपनी इस फ़ितरत और नेचर के विरुद्ध नहीं जा सकती।

मैं आपको एक दिलचस्प लतीफ़ा सुनाऊँ। मुझे बम्बई छोड़कर दिल्ली जाना पड़ा। वहाँ मैंने ऑल इंडिया रेडियो में नौकरी कर ली। लगभग एक साल तक मैं बम्बई की फ़िल्मी दुनिया के उत्थान और पतन से अनभिज्ञ रहा। एक दिन अचानक मैंने अरोड़ा को नई दिल्ली में देखा। हाथ में मोटी छड़ी, कमर दोहरी हो रही थी। यों भी बेचारा अच्छे स्वभाव का आदमी है, मगर इस समय बहुत रद्दी हालत में था। मैं ताँगे में था और वह पैदल। शायद चहलक़दमी के लिए निकला था। मैंने ताँगा रोका और उससे पूछा कि क्या क़िस्सा है? उसका हुलिया क्यों इतना बिगड़ा हुआ है? उसने हाँफते हुए, मगर ज़रा फीकी-सी मुस्कराहट के साथ कहा, "सितारा! मंटो! सितारा!" मैं सब समझ गया!

अब एक और लतीफ़ा सुनिए।

अलनासिर, जो अब बहुत मोटा और भद्दा हो गया है, जब शुरू-शुरू में फ़िल्म सिटी में आया, तो बहुत ख़ूबसूरत था। बड़ा नरम व नाज़ुक, सुर्ख़ व सफ़ेद। देहरादून के पर्वतीय वातावरण ने उसे निखार दिया था। मैं तो यह कहूँगा कि वह नारीत्व की सीमा तक सुन्दर था। उसमें वे सब अदाएँ थीं, जो एक ख़ूबसूरत लड़की में हो सकती हैं। मैं जब दिल्ली में डेढ़ साल बिताने के बाद सैयद शौकत हुसैन रिजवी के बुलाने पर बम्बई पहुँचा, तो उससे मेरी भेंट मिनर्वा मूवीटोन में हुई। वह गेट के बाहर खड़ा था। मैं आश्चर्यचकित रह गया। कपोलों का गुलाबी रंग नदारद; शरीर पर पतलून ढीली-ढीली—ऐसा लगता था कि वह सिकुड़ गया है, निचुड़ गया है! मैंने उससे बड़े चिन्तापूर्ण स्वर में पूछा, "मेरी जान! यह तुमने अपनी क्या हालत बना ली है?"

उसने अपना मुँह मेरे कान के पास लाकर कहा, "सितारा!...मेरी जान, सितारा!..."

जहाँ देखो, सितारा! मैंने सोचा, यह सितारा केवल पीलापन—पीलिया-फैलाने के लिए ही पैदा हुई है। इधर पी.एन. अरोड़ा, इंग्लैंड का शिक्षित नौजवान; उधर देहरादून के स्कूल का पढ़ा हुआ यह सुन्दर लड़का!

अलग ले जाकर जब मैंने उससे पूरा विवरण पूछा, तो उसने मुझे बताया कि वह सितारा के चक्कर में फँस गया था, जिसका परिणाम यह हुआ कि वह बीमार हो गया। जब उसको इस बात का एहसास हुआ कि यदि वह ज़्यादा दिनों तक इस चक्कर में रहा, तो वह समाप्त हो जाएगा, तो वह एक दिन टिकट कटाकर देहरादून चला गया, जहाँ उसने तीन महीने एक सेनिटोरियम में व्यतीत किए और अपने खोये हुए स्वास्थ्य को किसी कदर प्राप्त किया। उसने मुझसे यह भी कहा कि वह इस बीच मुझे हिन्दी में बड़े लम्बे-लम्बे पत्र लिखती रही, किन्तु मैं ये ख़त पढ़ नहीं सकता था, बल्कि ऐसे पत्रों के आगमन पर काँप-काँप अवश्य जाता था। उसने फिर मेरे कान में कहा, "मंटो साहब, बड़ी अजीब औरत है।"

सितारा वास्तव में है ही एक अजीब औरत। ऐसी औरतें लाख में दो-तीन ही होती हैं। मैं जानता हूँ कि वह कई बार ख़तरनाक तौर पर बीमार हुई। उसको ऐसी बीमारियाँ हुईं, ऐसे रोग लगे कि साधारण स्त्री कभी जीवित नहीं बच सकती। मगर वह ऐसी सख़्त जान है कि हर बार मौत को धोखा देती रही। इतनी बीमारियों के बाद ख़याल था कि उसकी नाचने की शक्तियाँ शिथिल पड़ जाएँगी, किन्तु वह अब भी अपनी युवावस्था की भाँति ही नाचती है। हर दिन घंटों नाचने का अभ्यास करती है। मालिश करनेवाले से तेल की मालिश कराती है और वह सब कुछ करती है, जो पहले करती आई है। उसके घर में दो नौकर होते हैं—एक मर्द, एक औरत। मर्द आमतौर पर उसका 'मालिशिया' होता है। जो औरत है, उसके विषय में बस इतना ही कह सकता हूँ कि वह पुरानी कहानियों की 'कुटनी' मालूम होती है। ऐसी कुलटा है, जो आकाश में पैबन्द लगाया करती थी।

जब सितारा अकेली थी—यानी वह किसी एक की होकर नहीं रहती

थी, तो उसका मकान दादर के ख़ुदादाद सर्किल में था और जो विशेषताएँ सितारा में हैं, वे भी ईश्वरीय देन हैं! नज़ीर, जो अब स्वर्णलता से सम्बद्ध है, बड़ी ख़ूबियों का मालिक है। उसने बहुत देर तक सितारा को बरदाश्त किया, मगर जैसाकि मैं पहले निवेदन कर चुका हूँ, वह एक मर्द की औरत नहीं है। परिणामस्वरूप जब नज़ीर तंग आ गया और उसको मालूम हो गया कि वह इसके साथ निर्वाह नहीं कर सकता, तो उसने एक रोज़ उससे हाथ जोड़कर कहा, "सितारा, मुझे बख्श दो! मुझसे ग़लती हो गई। मैं इसके लिए लज्जित हूँ और तुमसे क्षमा-प्रार्थी!"

नज़ीर सितारा को मारा-पीटा भी करता था। फिर भी वह उससे अप्रसन्न नहीं थी। ऐसी नारियाँ शारीरिक यातनाओं में एक विशेष प्रकार का ऐन्द्रीय सुख अनुभव करती हैं। किन्तु इनसे सम्बद्ध मर्द कब तक हाथापाई करता रहे? वह ग़रीब भी एक समय के बाद आजिज़ आ जाता है। अब इस सिलसिले की एक और कड़ी के सम्बन्ध में भी सुनिए :

जिस ज़माने में सितारा नज़ीर के यहाँ थी, उसी ज़माने में नज़ीर का भांजा के. आसिफ़ भी वहीं था। के. आसिफ़ बड़ा तगड़ा जवान था—बड़ा हट्टा-कट्टा, जवानी से भरपूर, जिसे औरत-जात से शायद कभी मतलब ही नहीं पड़ा था। अपने मामू के यहाँ रहता था और उससे फ़िल्म-उद्योग के बारे में जानकारी प्राप्त कर रहा था। दिल में सैकड़ों वलवले थे। बड़े अरमान थे। फिर फ़िल्मी दुनिया में आकर उसने औरतों और वह भी अभिनेत्रियों को नज़दीक से देखा था। इसके अतिरिक्त उसने अपने मामू नज़ीर और सितारा के पारस्परिक सम्बन्ध भी अपनी आँखों से देखे थे। यह वह ज़माना था, जब के. आसिफ़ की जवानी फूटी पड़ती थी। यह वह दौर था, जब मर्द अपनी जवानी के जोश में पत्थरों की दीवार से भी भिड़ जाना चाहता है। और सितारा निस्सन्देह एक पथरीली दीवार थी, जो किसी से टकराना चाहती थी।

नज़ीर इस ज़माने में रणजीत फ़िल्म स्टूडियो के ठीक सामने एक अहाते में रहता था। बड़ी गन्दी-सी जगह थी। नज़ीर ने एक पूरा फ़्लैट ले रखा था, उसी में उसकी क़ायम की हुई हिन्द पिक्चर्स का दफ़्तर भी था। दो-तीन कमरे थे, ऐसे में परदा क्या हो सकता है! अतः पुरजोश नौजवान आसिफ़ को हर

वह पहलू देखने का मौक़ा मिला, जो पुरुष और नारी के पारस्परिक सम्बन्धों से जुड़ा होता है।

नौजवान आसिफ़ के लिए एक नया अनुभव था—बड़ा हैरतअंगेज़! उसने अपने विवाहित दोस्तों से वैवाहिक जीवन के रहस्य कई बार सुने थे, मगर उसे कभी आश्चर्य नहीं हुआ था। उसको मालूम था—एक बिस्तर होता है, जिस पर मानव-प्रकृति अपना प्रेमपूर्ण खेल खेलती है। किन्तु आसिफ़ की आँखों ने जो कुछ एक बार केवल संयोगवश देखा, वह बिलकुल भिन्न था—बड़ा ख़ौफ़नाक। उसने उसकी हड्डी-हड्डी झिंझोड़ दी—उसने कई बार कुत्तों की लड़ाई देखी थी, जो एक-दूसरे से बड़ी निर्दयतापूर्वक गुत्थम-गुत्था हो जाते थे, एक-दूसरे को झिंझोड़ते, काटते और नोचते थे। उसका तन-बदन काँप गया। उसने सोचा, ये मुहब्बत की बातें कोरी बकवास हैं। वास्तव में इनसान दरिन्दा है, और उसकी मुहब्बत एक ख़ौफ़नाक क़िस्म की कुश्ती। मगर उसको अखाड़े में उतरने और ऐसी कुश्ती लड़ने का शौक़ ज़रूर था। उसकी भुजाओं में शक्ति थी, बल था, उसके बदन में हरारत थी। उसके पुट्ठे फौलादी थे, उसकी ख़्वाहिश थी कि केवल एक बार उसे मौक़ा दिया जाए, तो वह प्रतिद्वन्द्वी को चारों ख़ाने चित गिरा दे।

उस ज़माने में डायरेक्टर नैयर—एक ज़हीन मगर बदक़िस्मत डायरेक्टर—भी नज़ीर के साथ था। आसिफ़ और वह दोनों हमउम्र थे—दोनों कुँआरी और ख्वाबों की दुनिया में रहनेवाले। आपस में मिलते, तो औरतों की बातें करते—उन औरतों की, जो भविष्य में उनकी होनेवाली थीं। पर जब सितारा का ज़िक्र आता, तो दोनों काँप उठते और एक ऐसी दुनिया में चले जाते, जहाँ जिन्न, देव और चुड़ैलें रहती हैं। लेकिन उनको इतना मालूम था कि सितारा नज़ीर के साथ वफ़ादार नहीं, वह हरजाई है। यों तो वह नज़ीर की 'होल टाइम' रखैल के रूप में रहती है, मगर पी.एन. अरोड़ा के पास भी जाती है और कभी-कभी देसाई के पास भी, जो बेचारा बड़े हसरत के दिन गुज़ार रहा था—और फिर और भी थे, जिनमें अलनासिर भी शामिल था।

सुबह सवेरे सितारा उठती और दूसरे कमरे में नृत्य-कला का अभ्यास आरम्भ कर देती। यह भी एक हैरतनाक चीज़ थी कि प्रातः उठते ही वह शिष्यों

की भाँति लगातार नाचती रहे। ऐसे-ऐसे तोड़े ले कि ज़मीन घूम जाए, तबलची के हाथ थक जाएँ, मगर उसे कुछ न हो! अभ्यास के बाद वह अपने विशेष और 'रिजर्व' मालिशिये से मालिश कराती थी। उसके बाद नहा-धोकर वह नज़ीर के कमरे में जाती, जो तब सो रहा होता। उसको जगाती और अपने हाथ से दूध या ख़ुदा मालूम किस चीज़ का एक प्याला उसे ज़बरदस्ती पिलाती और एक दूसरा नाच शुरू हो जाता। यह सब कुछ आसिफ़ और नैयर की आँखों के सामने हो रहा था। उनकी उम्र ताकने-झाँकने की उम्र थी जब आदमी ख़ाली कमरों में भी वैसे ही खिड़की की दराजों से झाँककर देखता है, रोशनदानों से भरे कमरों पर दृष्टिपात करता है, उनका जायजा लेता है, तो ज़रा-सी आवाज़ आने पर उसके कान खड़े हो जाते हैं। नैयर आसिफ़ की तुलना में शारीरिक दृष्टि से बहुत कमज़ोर था। उसकी वासना-सम्बन्धी आवश्यकताएँ भी इसी लिहाज से सन्तुलित थीं। परन्तु आसिफ़ के मज़बूत और पुष्ट शरीर की नस-नस में बिजली भरी हुई थी, जो किसी पर गिरना चाहती थी। इसीलिए आसिफ़ चाहता था कि अँधेरी रात हो, आकाश पर काले बादलों की भीड़ हो, कान बहरे कर देनेवाली बिजली की कड़क हो और ऐसे झंझावात में वह किसी का हाथ दृढ़ता से पकड़े और उसे मज़बूती से खींचता कहीं दूर ले जाए, जहाँ पत्शरों का बिस्तर हो...

नज़ीर का भांजा होने के नाते सितारा घंटों आसिफ़ के पास बैठी रहती और इधर-उधर की बातें करती रहती थी। ज्यों-ज्यों समय बीतता गया, आसिफ़ की लज्जा और झिझक कम होती गई परन्तु उसको इतना साहस नहीं था कि वह सितारा को हाथ लगाता, क्योंकि वह अपने मामू की सख़्त तबीयत से परिचित था और उससे डरता था। लेकिन इस दौरान वह इतना जान गया था कि सितारा उसकी ओर आकृष्ट है। वह जब भी चाहे, उसकी कलाई अपने मज़बूत हाथ में पकड़कर उसे जहाँ चाहे ले जा सकता है...मगर वह घुप अँधेरी रात, वह तूफ़ान और झंझावात और पत्थरों का वह बिस्तर!

आख़िर सितारा की करतूतें देखकर नज़ीर भौचक्का रह गया।

नज़ीर के सिर से अब पानी गुज़र चुका था। काफ़ी कहा-सुनी के बाद उसने सितारा से कहा कि "अब तुम यहाँ नहीं रह सकतीं, अपना बिस्तर गोल कर दो।"

सितारा कुछ भी हो, आख़िर औरत जात है। नज़ीर द्वारा तिरस्कृत किए जाने के बाद उसमें इतनी शक्ति नहीं थी कि वह अकेली अपना बिस्तर गोल कर सकती। नज़ीर से वह कैसे सहायता माँगती? वह क्रोध में बिफरा, मुँह में गाज निकालता बाहर निकलकर अपने दफ़्तर में जा बैठा। आसिफ़ ने उसका यह रंग देखा, तो उसको विश्वास हो गया कि वह अँधेरी रात आ गई!

थोड़ी देर वह ख़ामोश बैठा रहा। इसके बाद वह उठा और धीरे-धीरे दूसरे कमरे में पहुँच गया, जहाँ सितारा पलंग पर बैठी अपनी चोटी सहला रही थी।

थोड़ी-सी बातों ही से उसे मालूम हो गया कि मामला ख़त्म है। दिल-ही-दिल में वह बहुत प्रसन्न हुआ। अत: उसने सितारा को ढाढ़स दिया—कुछ इस तौर पर कि नया मामला शुरू हो गया।

आसिफ़ ने उसका बोरिया-बिस्तर बाँधा और उसके साथ उसके दादर स्थित घर तक छोड़ने गया। यहाँ सितारा ने आसिफ़ का बहुत-बहुत शुक्रिया अदा किया।

आसिफ़ ने साहस से काम लेकर सितारा का हाथ पकड़ लिया और कहा, "इसकी क्या ज़रूरत थी, सितारा?"

सितारा ने अपना हाथ आसिफ़ की पकड़ से छुड़ाने का प्रयत्न किया, लेकिन आसिफ़ सन्तुष्ट न था। थोड़ी देर आत्मीयता की बातें हुईं। सितारा ने आसिफ़ को अपने उस हुनर का नमूना चखाया, जिससे वह इस समय तक सैकड़ों मर्द—दुबले-पतले, हट्टे-कट्टे, जिद्दी और वहशी पुरुषों को अपनी इच्छाओं का दास बना चुकी थी।

अगर दिन होता, तो निस्सन्देह आसिफ़ को तारे नज़र आ जाते। मगर रात को उसे ख़ुदादाद सर्किल के इस फ़्लैट में सूर्योदय होता नज़र आया। उसकी मुसर्रतों का, उसके आनन्द का दिन! किन्तु वह फिर भी सन्तुष्ट नहीं था। उसने सितारा से कहा कि "देखो तुम्हारा-मेरा सम्बन्ध बहुत मज़बूत होना चाहिए, हरजाईपन छोड़ो, बस एक की हो जाओ।"

सितारा ने उसे विश्वास दिलाया कि वह आसिफ़ के अलावा किसी की ओर आँख उठाकर भी नहीं देखेगी। आसिफ़ सन्तुष्ट हो गया, परन्तु इस भय से कि नज़ीर उससे इतनी देर लगाने का कारण न पूछ बैठे, आशिके-सादिक़ ईमानदार प्रेमी की भाँति उसका हाथ चूमकर चला गया और वायदा कर गया कि दूसरे दिन अवश्य आएगा।

वह गया, तो सितारा उठी। श्रृंगार-मेज़ के पास जाकर उसने अपने बाल ठीक किए। साड़ी बदली और किसी की ओर आँख उठाए बग़ैर नीचे उतरी तथा टैक्सी लेकर पी.एन. अरोड़ा के पास चली गई!

बात सख़्त है, लेकिन हुआ करे। मुझे कहना यह है कि सितारा को मुझसे नफ़रत थी। मैं 'मुसव्विर' नामक पत्रिका का सम्पादक था और बेलाग खिलाड़ी था। 'बाल की खाल' और 'नित-नई' कालमों में कई बार मैंने उसकी छलकी की थी, लेकिन बड़े सलीके और चतुराई से! इसमें कोई खटकने की बात नहीं थी, फिर भी वह नाराज़ थी और मुझे इस नाराज़ी की—सच पूछिए तो—कोई परवाह भी नहीं थी, इसलिए कि मुझे उससे कोई गरज नहीं थी, मेरा कोई स्वार्थ निहित नहीं था और मैं वैसे भी फ़िल्मी-हस्तियों से दूर ही रहता था।

मैंने 'नित-नई' या 'बाल की खाल' कालमों में जब नज़ीर और उसकी लड़ाई का उल्लेख ज़रा नमक-मिर्च लगाकर किया, तो वह बहुत क्रोधित हुई और उसने मुझे ख़ूब गालियाँ दीं।

इसके बाद जब मुझे अपने जासूसों के ज़रिये आसिफ़ और उसके गुप्तप्रेम का पता चला और मैंने चुभते हुए इशारों में इसकी चर्चा अपने कालमों में की, तो वह भन्ना गई और उसने आसिफ़ से कहा, "तुम इस आदमी को पीटते क्यों नहीं? ख़ुद नहीं पीटते, तो किसी से पिटवाओ या किसी और अख़बारवाले से कहो कि वह उसे अपने अख़बार में ढेरों गालियाँ दे!"

आसिफ़ बड़ा संयमी आदमी है। उसमें सज्जनता है, समझदारी है। मज़ाक़ को समझने की योग्यता रखता है। उसने सितारों की बातें इस कान सुनीं, उस कान निकाल दीं।

मामला अब गम्भीर रूप धारण कर गया था। यह तो आपको मालूम हो ही चुका है कि सितारा किस क़िस्म की स्त्री है। अगर उससे किसी मर्द का

वास्ता पड़ जाए, तो उसकी रिहाई कठिन हो जाती है। एक अलनासिर ही ऐसा था, जो कुछ महीने उसके साथ बिताकर देहरादून भाग गया, वरना एक दिन उसकी अँतड़ियाँ बिलकुल जवाब दे देतीं और उसकी क़ब्र बम्बई के किसी क़ब्रिस्तान में बनी होती, जिसके सिरहाने पर कुछ इस तरह का शेर लिखा होता :

लहद पर मेरी वह परदापोश आते हैं,
चिरागे गोरे ग़रीबाँ सदा बुझा देना।

हाँ, तो मामला बहुत नज़ाकत अख़्तियार कर गया था। इसलिए कि नज़ीर के हृदय में सन्देह उत्पन्न हो रहे थे। वह सोचता था, 'यह मेरा भांजा इतनी-इतनी देर कहाँ ग़ायब रहता है?' जब वह उससे पूछता, तो आसिफ़ कोई बहाना पेश कर देता। मगर ये बहाने कब तक चलते? इनका स्टाक एक दिन समाप्त होना ही था।

नज़ीर के हृदय में अब सितारा के लिए कोई स्थान नहीं था। वह ऐसा आदमी नहीं कि अपना निश्चय बदल दे। उसको सितारा की नहीं, आसिफ़ की चिन्ता थी कि वह कहीं उसके हत्थे न चढ़ जाए। वह इस औरत के साथ कई वर्ष व्यतीत कर चुका था, उसकी रग-रग और नस-नस से परिचित था। उसको मालूम था कि आसिफ़-जैसे नवयुवक उसका मन-भाता खाजा हैं और उनको अपने जाल में फँसाना इस जैसी अनुभवी औरत के लिए कोई कठिन काम नहीं था। मज़े की बात यह है कि लोग स्वयं ही, स्वतः ही, उसके जाल में फँस जाते थे। एक बार फँस जाते, तो 'मुक्ति' कठिन हो जाती थी।

सितारा से किसी मर्द का पाला पड़ जाए और इत्तफ़ाक़ से वह सितारा को पसन्द आ जाए, तो फिर दिनों-रात, अधिकांश भाग उसी के साथ काटना पड़ता है। नज़ीर को आसिफ़ की लगातार अनुपस्थितियों ही से पता चल गया था। मगर जब आसिफ़ कहता, "मामूजान! यह आप क्या कह रहे हैं? मैं इसके सम्बन्ध में तो सोच भी नहीं सकता!" तो वह असमंजस में पड़ जाता। लेकिन मन में उसे पक्का विश्वास था कि यह छोकरा फँस चुका है और झूठ बोल रहा है।

आसिफ़ वास्तव में झूठ बोल रहा था। मामला यदि किसी अन्य महिला का होता, तो वह कभी झूठ न बोलता, मगर सितारा उसके मामू की रखैल थी। उसके साथ वह ऐसे सम्बन्ध स्थापित नहीं कर सकता था।

पीछे हटना—पलायनवाद—अब बहुत कठिन था। आसिफ़ अब एक 'अबला' नारी की पकड़ में था! भाग निकलने का प्रश्न ही पैदा नहीं होता था। नज़ीर को बस एक मौक़ा चाहिए था—ऐसा मौक़ा कि वह सब कुछ स्वयं अपनी आँखों से देखें...।

एक दिन नज़ीर ने वह सब कुछ देख ही लिया, जो वह ख़ुद अपनी आँखों से देखना चाहता था। मेरी याददाश्त मेरा साथ नहीं देती। मुझे सारी घटनाएँ अच्छी तरह मालूम थीं, मगर अब इतना समय बीत गया है कि बहुत-सी बातें दिमाग़ से उतर गई हैं। वह ख़ून, जो नज़ीर की आँखों में एक लम्बे समय से उतर रहा था, वह उस वक़्त पी गया और उन पर टूट पड़ा।

आसिफ़ ने अपने मामू को क़समें खा-खाकर विश्वास दिलाने की चेष्टा की कि वे दोनों बेगुनाह हैं, निरपराध हैं। उनके बीच कोई ऐसा रिश्ता, ऐसा कोई सम्बन्ध नहीं है, जिसके लिए उन्हें दोषी ठहराया जाए। लेकिन नज़ीर उस समय कुछ भी सुनने के लिए तैयार नहीं था। ऐसा लगता था कि वह मार-मारकर दोनों की हड्डी-पसलियाँ तोड़ देना चाहता है, ताकि सारा क़िस्सा ही ख़त्म हो। मगर मजीद (मशहूर ऐक्टर, जो अब पाकिस्तान में है) ने बड़ी होशियारी से बीच-बचाव कर दिया।

इस दुर्घटना के बाद आसिफ़ और सितारा के बीच कुछ देर बातें हुईं। वायदे हुए। क़समें खाई गईं कि वे कभी एक-दूसरे से जुदा न होंगे, आदि-आदि। इसके बाद आसिफ़ ने एक सच्चे आशिक़ की तरह सितारा से विदाई ली और चला गया।

सितारा ने अपना मेक-अप दुरुस्त किया। नये कपड़े पहने और टैक्सी मँगवाकर पी.एन. अरोड़ा के पास चली गई, जिसका स्वास्थ्य दिल्ली के हकीमों के इलाज से अब तनिक बहाल हो चुका था और उसके पिचके हुए गालों में थोड़ा-सा मांस आ गया था।

कहा जाता है कि नज़ीर ने एक बार फिर छापा मारा और दोनों को रँगे

हाथों जा पकड़ा। इस बार किसने बीच-बचाव किया, इसका मुझे ज्ञान नहीं। बहरहाल मामला इधर-उधर हो गया, क्योंकि आसिफ़ ने अपने मामू को विश्वास दिलाया कि उसके और सितारा के बीच ऐसी-वैसी आपत्तिजनक कोई बात नहीं। परिणामस्वरूप आसिफ़ और सितारा के सिर से आई बला एक दफ़ा फिर टल गई। मगर इसका परिणाम यह हुआ कि एक दिन आसिफ़ ग़ायब हो गया। दूसरे दिन मालूम हुआ कि सितारा भी ग़ायब है!

मुझे मालूम नहीं, वे दोनों कहाँ गए थे। मगर दिल्ली से सूचना प्राप्त हुई कि सितारा इस्लाम ग्रहण कर चुकी है और उसका मुसलमानी नाम अल्लारखी रखा गया है और यह कि आसिफ़ ने उससे बाक़ायदा निकाह पढ़वा लिया है।

जब इस समाचार की पुष्टि हो गई, तो मैंने अपनी पत्रिका, 'मुसव्विर' के कालमों में जी भरकर लिखा। लगभग हर हफ़्ते इस नवविवाहित दम्पती का उल्लेख होता—बड़े व्यंग्यात्मक और मज़ाक़िया अन्दाज़ में।

'हनीमून' यानी सुहागरातें मनाने के बाद यह जोड़ा जब बम्बई वापिस आया, तो नज़ीर ख़ून के घूँट पीकर रह गया। एक बार मुझे रेसकोर्स जाने का अवसर हुआ। मैंने दूर से देखा कि भीड़ में से आसिफ़ शार्कस्किन के बेदाग सूट को पहने हुए, फुरतीली सितारा की कमर में हाथ दिये चला आ रहा है। जब वह मेरे क़रीब पहुँचा, तो वह पहले मुस्कराया, फिर हँसा और मेरी तरफ़ हाथ उठाकर कहने लगा, "भई ख़ूब—बहुत ख़ूब! 'नमक-मिर्च' और 'बाल की खाल' के कालमों में तुम जो कुछ लिख रहे हो, वह ख़ुदा की क़सम लाजवाब है!"

सितारा त्योरी चढ़ाकर एक तरफ़ हट गई। किन्तु आसिफ़ ने उस ओर कोई ध्यान न दिया और मुझसे आत्मीयता के साथ देर तक बातें करता रहा। मैं इसके पहले निवेदन कर चुका हूँ कि वह बड़ी बुद्धि का आदमी है और बातों की गहराई को समझने की योग्यता रखता है।

बहरहाल, जहाँ तक मैं समझता हूँ, आसिफ़ सितारा से वैधानिक रीति से विवाह कर चुका था। मगर एक अरसे के बाद जब मैंने उससे पूछा, "क्यों आसिफ़, क्या वास्तव में सितारा तुम्हारी विवाहिता बीवी है?" तो वह हँसा, "कैसा निकाह और कैसी शादी!"

अब अल्लाह ही बेहतर जानता है कि असली मामला क्या था और क्या है!

आसिफ़ का अपना कोई भी मकान नहीं था। बस, दोनों वहीं ख़ुदादाद सर्किल, दादर में रहते थे और खुलेआम रहते थे। सितारा की मोटर थी। उसमें घूमते थे।

एक ज़माना गुज़र गया। आसिफ़ और सितारा मियाँ-बीवी की ज़िन्दगी गुज़ार रहे थे। मगर यहाँ मुझे एक और लतीफ़ा याद आ गया।

जिस ज़माने में आसिफ़ से मेरी दोस्ती नहीं थी और उसका सम्बन्ध भी सितारा के साथ स्थापित नहीं हुआ था, के. आसिफ़ साहब के चेहरे पर दस हज़ार कीलियाँ और इतने ही मुँहासे थे, जिनके सम्बन्ध में कहा जाता है कि ये जवानी की निशानियाँ हैं। मैं सोचता हूँ, अगर जवानी की निशानियाँ इतनी बदनुमा और कष्टकारक हैं, तो ख़ुदा करे, किसी पर जवानी न आए।

मैं जब उसके चेहरे की ओर देखता, तो घिनौना-सा दिखाई देता, तो मुझे बड़ी कोफ़्त होती। मैं नीम-हकीम भी हूँ। अपनी जानकारी के मुताबिक और डाक्टर दोस्तों से परामर्श करके मैंने कई औषधियाँ ख़रीदकर उसको दीं, परन्तु कोई लाभ न हुआ। कीलें उसी तरह मौजूद थीं। मगर जब सितारा उसके जीवन में आई, तो चन्द महीनों के अन्दर-अन्दर उसका चेहरा बिलकुल साफ़ हो गया! सिर्फ़ निशान बाक़ी रह गए थे।

बहुत देर तक सितारा और आसिफ़ इकट्ठे वैवाहिक जीवन बसर करते रहे। अब दोनों सम्भवत: माहिम के एक फ़्लैट में रहते हैं।

मुझे यहाँ जाने का कई बार मौक़ा मिला। उन दिनों आसिफ़ 'फूल'। बनाने के बाद 'अनारकली' बनाने की तैयारी कर रहा था। इसकी कहानी कमाल अमरोहवी ने लिखी थी, मगर वह शायद उससे सन्तुष्ट नहीं था, क्योंकि वह कई आदमियों को निमंत्रण दे चुका था कि वे इसमें कुछ नवीनता पैदा करें। मैं भी उन्हीं लोगों में से एक था।

मैं आमतौर पर सुबह आठ बजे के क़रीब वहाँ पहुँचता। दरवाज़ा एक बुढ़िया खोलती, जो मलमल की बारीक साड़ी पहने होती। उसे देखकर मुझे

सख़्त कोफ़्त होती। मुझे लगता कि दरवाज़ा अलिफ़-लैला की किसी कुटनी ने खोला है।

मैं अन्दर जाता और सोफ़े पर बैठ जाता। साथ वाले कमरे से, जो सम्भवतः शयन-कक्ष था, ऐसी-ऐसी आवाज़ें आतीं कि आत्मा काँप जाती। थोड़ी देर के बाद आसिफ़ प्रकट होता—हस्ब आदत अपने होंठ चाटते हुए। उसका पागलपन अथवा कामातुरता देखने की चीज़ थी। मलमल का कुरता जगह-जगह से फटा हुआ है। गर्दन और सीने पर नील पड़े हैं। बाल परेशान हैं। साँस फूली हुई है। साधारण सलाम-दुआ होती और वह फ़र्श पर ढेर हो जाता। थोड़ी देर के बाद सितारा आसिफ़ के लिए एक प्याला भेजती, जिसमें मालूम नहीं, किस चीज़ की खीर होती। आसिफ़ धीरे-धीरे प्याला ख़त्म करता। इसके बाद हम अपना काम आरम्भ कर देते, जो ज़्यादातर गप्पों पर आधारित होता।

काफ़ी समय बीत गया। सितारा और आसिफ़ के सम्बन्ध बड़े मज़बूत नज़र आते थे। मगर एकदम जाने क्या हुआ कि यह सुनने में आया कि आसिफ़ अपने अजीजों में किसी लड़की से शादी कर रहा है। तारीख़ पक्की हो गई है और वह जल्दी ही अपने दोस्तों के साथ लाहौर रवाना होनेवाला है।

उसके बाद सूचना मिली कि लाहौर में उसकी शादी बड़े ठाठ-बाट से हुई। खम-के-खम लुटाये गए। मुजरे हुए और राग-रंग की कई महफ़िलें जमीं। फिर सुना कि आसिफ़ अपनी नई-नवेली दुल्हन के साथ बम्बई पहुँच चुका है।

यह शादी अधिक समय तक क़ायम न रही। मालूम नहीं क्या हुआ कि आसिफ़ ने अपनी बीवी के पास जाना छोड़ दिया। वैमनस्य हुआ। उसके बाद पता चला कि तलाक़ होनेवाला है और इस दौरान आसिफ़ बराबर सितारा के यहाँ जाता था।

आसिफ़ ने ब्याह किया। लाहौर में बड़े ठाठ की मजलिसें जमीं। उसके बाद आसिफ़ अपनी बीवी को लेकर बम्बई आया। पाली हिल पर ठहरा और दो-तीन महीने के अन्दर-अन्दर उसने अपनी बीवी को छोड़ दिया—इसका कारण सितारा के अतिरिक्त और क्या हो सकता था?

सितारा मर्द को पहचानने वाली औरत है। उसको वे तमाम दाँव आते हैं, जो मर्द को अपनी ओर आकर्षित कर सकते हैं, मगर यों कहिए कि उसे

दूसरी औरतों के लिए बिलकुल नाकारा और नपुंसक बना देते हैं। यही वजह है कि आसिफ़ ने अपनी बीवी को छोड़ दिया और सितारा की आगोश में चला गया, इसलिए कि उसमें आकर्षण था।

मैंने यह लेख लिखा है। मुझे मालूम है कि आसिफ़ बड़ा संयमी और समझदार आदमी है। वह मुझसे नाराज़ नहीं होगा। सितारा अवश्य नाराज़ होगी—मगर वह मुझे थोड़ी देर के लिए बख़्श देगी, क्षमा कर देगी इसलिए कि उसका दृष्टिकोण भी संकुचित और उथला नहीं है। वह बड़ी कद्दावर औरत है, हालाँकि उसका क़द बहुत पस्त है। वह मुझे न मालूम कैसा आदमी समझती है, मगर मैं उसे बहैसियत एक नारी के ऐसी औरत समझता हूँ, जो सौ साल में शायद एक बार जन्म लेती है।

वी.एच. देसाई

"लाइट्स ऑन!...फैन ऑफ!...कैमरा रेडी! ...स्टार्ट मिस्टर जगताप!"

"स्टारमिड!"

"सीन थर्टी फोर,...टेक टैन!"

"नीलादेवी आप कुछ चिन्ता न कीजिए। मैंने भी पेशावर का पेशाब पिया है!"

"कट! कट!"

लाइट्स ऑन हुई। वी. एच. देसाई ने रायफल एक ओर रखते हुए बड़े तपाक से अशोक से पूछा, "ओ. के., मिस्टर गंगोली?"

अशोक ने, जो जल-भुनकर राख होने के निकट था, भयंकर दृष्टि से शून्य में देखा और ज़हर के कुछ बड़े-बड़े घूँट जल्दी-जल्दी पीकर, चेहरे पर कृत्रिम प्रसन्नता प्रकट करते हुए देसाई से कहा, "वंडरफुल!" फिर उसने अर्थपूर्ण दृष्टि से मेरी ओर देखा, "क्यों मंटो?"

मैंने देसाई को गले लगा लिया, "वंडरफुल!'

हमारे चारों ओर लोग अपनी-अपनी हँसी का बहुत बुरी तरह गला घोंट रहे थे। देसाई बहुत प्रसन्न था, चूँकि उसने बहुत देर के बाद मेरे मुँह से अपनी इतनी प्रशंसा सुनी थी। दरअसल अशोक ने मुझे मना कर दिया था कि मैं

अपनी झुँझलाहट हरगिज-हरगिज न प्रकट करूँ, क्योंकि उसे अन्देशा था कि देसाई बौखला जाएगा और सारा दिन गारत कर देगा।

जब कुछ क्षण बीत गए, तो देसाई ने डायलॉग के माहिर दीक्षित से कहा, "दीक्षित साहब, नेक्स्ट डायलॉग?"

यह सुनकर अशोक, जो 'आठ दिन' डायरेक्ट कर रहा था, मुझसे बोला, "मंटो, मेरा विचार है, पहले डायलॉग का एक टेक और ले लें।"

मैंने देसाई की ओर देखा, "क्यों, देसाई साहब? मेरा विचार है कि इस बार और भी वंडरफुल हो जाए।"

देसाई ने गुजराती ढंग से अपना सिर हिलाया, "हाँ,...तो ले लो, अभी गरमागरम मामला है।"

दाताराम चिल्लाया, "लाइट्स ऑन!"

लाइट्स रोशन हुईं। देसाई ने रायफल सँभाली।

दीक्षित झट से देसाई की ओर लपका और डायलॉग की पुस्तक खोलकर कहने लगा, "मिस्टर देसाई, ज़रा यह डायलॉग याद कर लीजिए।"

देसाई ने पूछा, "कौन-सा डायलॉग?"

दीक्षित ने कहा, "वही जो आपने इतना वंडरफुल बोला था, तनिक उसे दोहरा दीजिए।"

देसाई ने बड़े संगीन विश्वास से कन्धे पर रायफल जमाते हुए कहा, "मुझे याद है।"

मैंने देसाई के कन्धे पर हाथ रखा और बड़े ग़ैर-संजीदा लहजे में कहा, "हाँ, तो वह क्या है, देसाई साहब—नीलादेवी, आप कोई चिन्ता न कीजिए। मैंने भी पेशावर का पानी पिया है!"

देसाई ने अपने सिर पर पेशावरी लुंगी को दुरुस्त किया और वीरा (फ़िल्म में नीलादेवी) से मुखातिब होकर कहा, "नीलादेवी, आप कोई पेशावर न कीजिए, मैंने भी आपका पानी पिया है।"

वीरा इतनी अधिक हँसी कि देसाई डर गया, "क्या हुआ, मिस वीरा?"

वीरा साड़ी के आँचल में हँसी दबाती सैट से बाहर चली गई। देसाई ने चिन्ता प्रकट करते हुए दीक्षित से पूछा, "क्या बात थी?"

दीक्षित ने अपना हँसी से उबलता हुआ मुँह दूसरी तरफ़ कर लिया। मैंने देसाई की परेशानी दूर करने के लिए कहा, "नथिंग सीरियस—खाँसी आ गई!"

देसाई हँसा, "ओह!" फिर वह मुस्तैदी से अपने डायलॉग की ओर आकृष्ट हुआ, "नीलादेवी, आप कोई खाँसी न कीजिए, मैंने भी देवी का..."

अशोक अपने सिर को मुक्के मारने लगा। देसाई ने देखा, तो खिन्न होकर उससे पूछा, "क्या बात, मिस्टर गंगोली?"

गांगुली ने एक ज़ोर का मुक्का अपने सिर पर मारा, "कुछ नहीं, सिर में दर्द था—तो हो जाए टेक!"

देसाई ने अपना कद्दू-सा सिर हिलाया, "हूँ!"

गांगुली ने मुर्दा आवाज़ में कहा, "कैमरा रेडी! रेडी मिस्टर जगताप!"

भोंपू से जगताप की मनमनाहट सुनाई दी, "रेडी!"

गांगुली ने और अधिक मुर्दा आवाज़ में कहा, "स्टार्ट!"

कैमरा स्टार्ट हुआ, क्लिप स्टिक हुई।

"सीन थर्टी फोर,...टेक इलेवन!"

देसाई ने रायफल लहराई और वीरा से कहना आरम्भ किया, "नीला पाई। आप कोई देवी न कीजिए। मैंने भी पेशावर का...!"

अशोक पागलों की भाँति चिल्लाया, "कट! कट!"

देसाई ने रायफल फर्श पर रखी और घबराकर अशोक से पूछा, "ऐनी मिस्टेक, मिस्टर गंगोली?"

अशोक ने देसाई की ओर कातिलाना निगाहों से देखा। मगर फ़ौरन ही उनमें भेड़ों की-सी नरमी और मासूमियत उत्पन्न करते हुए कहा, "कोई नहीं—बहुत अच्छा था...बहुत ही अच्छा!" फिर वह मुझसे बोला, "आओ मंटो, ज़रा बाहर चलें।"

सैट से बाहर निकलकर अशोक लगभग रो दिया, "मंटो! बताओ, अब क्या किया जाए? सुबह से यह वक़्त हो गया है। पेशावर का पानी उसके मुँह पर चढ़ता ही नहीं! मेरा विचार है, लंच के लिए ब्रेक कर दूँ।"

बड़ा माकूल और उपयुक्त विचार था, क्योंकि देसाई से यह फौरी आशा बिलकुल व्यर्थ थी कि वह सही डायलॉग बोल सकेगा। एक दफ़ा उसकी

ज़बान पर कोई चीज़ जम जाए, तो बड़ी मुश्किल से हटती थी। असल में उसकी स्मरण-शक्ति बिलकुल जीरो थी। उसे छोटे-से-छोटा डायलॉग भी याद नहीं रहता था। यदि सैट पर वह पहली बार कोई डायलॉग सही अदा कर जाता, तो उसे केवल संयोग समझा जाता था। लेकिन लुत्फ़ यह है कि ग़लत उच्चारण के बावजूद देसाई को इस बात का एहसास नहीं होता था कि उसने डायलॉग को किस हद तक—किस रुला देनेवाली सीमा तक बिगाड़ दिया है।

डायलॉग की टाँग तोड़कर उसको पूरी तरह से अपाहिज करके, वह आम तौर पर उपस्थित लोगों को प्रशंसा प्राप्त करने की निगाहों से देखा करता था। उसकी एक-दो लड़खड़ाहटें निःसन्देह मन-बहलाव का साधन होती थीं, मगर जब वह सीमा का उल्लंघन कर जाता, तो सबके दिल में यह ख़्वाहिश पैदा होती कि उसके सिर के टुकड़े-टुकड़े कर दिये जाएँ।

मैं फ़िल्मिस्तान में तीन बरस रहा। इस बीच देसाई ने चार फ़िल्मों में भाग लिया। मुझे याद नहीं कि उसने एक बार भी पहले ही दौर में अपना डायलॉग सही ढंग से अदा किया हो। अगर हिसाब लगाया जाए, तो देसाई ने अपने जीवन में लाखों फीट फ़िल्म बरबाद की होगी।

अशोक ने मुझे बताया कि देसाई की रिटेक्स का रिकॉर्ड पचहत्तर है, यानी बम्बई टॉकीज में उसने एक बार एक डायलॉग को चौहत्तर बार ग़लत अदा किया। यह केवल जर्मन डायरेक्टर ही का हौसला था कि वह बहुत देर तक सहन करता रहा। आख़िर उसकी सहनशीलता का पैमाना भर गया। सर पीटकर उसने कहा, "मिस्टर देसाई! मुसीबत यह है कि लोग तुम्हें पसन्द करते हैं, तुम्हें परदे पर देखते ही हँसना शुरू कर देते हैं, वरना आज मैंने तुम्हें अवश्य उठाकर बाहर फेंक दिया होता!"

और जर्मन डायरेक्टर, फ्रांज ऑस्टिन की स्पष्टवादिता का परिणाम यह हुआ कि चौहत्तर 'रिटेक' हुए तथा स्टूडियो के हर कार्यकर्ता को बारी-बारी देसाई को दम-दिलासा देने का कर्तव्य निभाना पड़ा, किन्तु कोई बहाना कारगर नहीं होता था। वह एक बार उखड़ जाए, तो कोई दवा या दुआ प्रभावशाली

सिद्ध नहीं होती थी। ऐसे समय में चुनांचे यही मुनासिब समझा जाता था कि नतीजा भगवान के हाथ सौंपकर धड़ाधड़ निर्दयतापूर्वक फ़िल्म बरबाद की जाए और जब ईश्वर और देसाई दोनों की इच्छा एक-सी हो जाए, तो शुक्रिया अदा किया जाए!

अशोक ने लंच के लिए ब्रेक कर दिया। जैसाकि आम दस्तूर था, किसी ने देसाई से डायलॉग के बारे में बात न की, ताकि जो कुछ हो चुका है, उसकी याद ताज़ा न हो। अशोक इधर-उधर की गप्पें सुनाता रहा। लंच समाप्त हुआ, शूटिंग फिर आरम्भ हुई। अशोक ने उससे पूछा, "क्यों, देसाई साहब, आपको डायलॉग याद है?"

देसाई ने बड़े आत्मविश्वास के साथ कहा, "जी हाँ!"

लाइट्स ऑन हुई। सीन थर्टी फोर, टेक ट्वैल्व शुरू हुआ। देसाई ने रायफल लहराकर वीरा से कहा, "नीलादेवी,...आप...आप..." और एकदम रुक गया, "आई एम सॉरी!"

अशोक का दिल बैठ गया। लेकिन उसने देसाई का दिल रखने के लिए कहा, "कोई बात नहीं, जल्दी कीजिए!"

सीन थर्टी फोर, टेक थरटीन आरम्भ हुआ। मगर देसाई ने पेशावर से पेशाब को अलग न किया। जब कुछ अन्य प्रयास भी सफल न हुए, तो मैंने अलग ले जाकर अशोक को यह परामर्श दिया, "दादामणी! देखो, यों करो, देसाई जब यह डायलॉग कहता है, तो वह पेशावर का पानी पिया है, यह बात कैमरा के सामने मुँह करके न बोले।"

अशोक समझ गया, क्योंकि इस कठिनाई से निकलने का यही एकमात्र ख़ानदानी नुसखा था, क्योंकि हम बड़ी आसानी से यह डायलॉग बाद में ठीक कर सकते हैं।

जब देसाई को यह तरकीब समझाई गई, तो उसे बहुत ठेस पहुँची। उसने हम सबको विश्वास दिलाने का पूरा प्रयत्न किया कि वह अब ग़लती नहीं करेगा, मगर पानी सिर से गुज़र चुका था—और वह भी पेशावर का, इसलिए उसकी अनुनय-विनय बिलकुल न सुनी गई, बल्कि उससे कह दिया गया कि जो उसके मन में आए, बोल दे।

देसाई बहुत खिन्न हुआ। परन्तु उसने मुझसे कहा, "कोई बात नहीं मंटो! मैं मुँह दूसरी ओर मोड़ दूँगा, लेकिन आप देखिएगा कि मैं डायलॉग बिलकुल करैक्ट बोलूँगा।"

"सीन थर्टी फोर, टेक फोरटीन!" की आवाज़ आई। देसाई ने बड़े संकल्प के साथ रायफल हवा में लहराई और वीरा से मुखातिब होकर कहा, "नीलादेवी, आप कोई चिन्ता न कीजिए," यह कहकर वह मुड़ा, "मैंने भी पेशावर का पेशाब पिया है।"

सीन कट हुआ। देसाई ने गर्व से रायफल कन्धे पर रखी और अशोक से पूछा, "क्यों मिस्टर गंगोली?"

अशोक अब बिलकुल दग्ध हृदय बन चुका था। उसने बड़े रूखे स्वर में कहा, "ठीक है, ठीक है!" फिर वह कैमरामैन हरदीप से मुखातिब हुआ, "चलो, शेकेस्ट शूट!"

शूटिंग समाप्त हुई। मुझे अपने एक दोस्त के साथ चर्चगेट जाना था, इसलिए हम जल्दी-जल्दी स्टेशन पहुँचे। गाड़ी खड़ी थी। हम एक डिब्बे में बैठ गए। क्या देखते हैं कि देसाई साहब भी विराजमान हैं और मुसाफ़िरों को अपने कारनामे सुना रहे हैं। मेरा दोस्त, जो उस दिन की शूटिंग देख चुका था, देसाई के पास बैठ गया। उसने एक बड़ा बेढब सवाल किया, "सेट पर जो लोग डायलॉग भूल जाते हैं, उसका क्या इलाज किया जाता है?"

देसाई ने उत्तर दिया, "मालूम नहीं। मैं तो एक बार भी नहीं भूला!"

उसका यह जवाब बेहद मासूम था, जैसे वह डायलॉग भूल जाने के मर्ज से क़तई अनभिज्ञ है! मेरा ख़याल है कि स्वयं उसको पूरा विश्वास था कि उससे कोई ग़लती नहीं होती। और यही दुरुस्त था। इसलिए कि ग़लती का एहसास तो केवल तब पैदा हो सकता है, जबकि किसी चीज़ के सही होने की हल्की-सी कल्पना मनुष्य के मस्तिष्क में हो! देसाई के दिमाग़ में ऐसा कोई ख़ाना ही नहीं था, जो ग़लत और सही में भेद कर सके। वह इससे बिलकुल अनभिज्ञ और अपरिचित था—अबोधता की सीमा तक!

वे लोग, जो यह समझते हैं कि वह बहुत बड़ा व्यंग्यकार था, सरासर ग़लत है। वे, जो यह समझते हैं कि वह बहुत बड़ा कलाकार था, यह भी दुरुस्त नहीं

है। ऐसा पाप स्वर्गीय देसाई से कभी नहीं हुआ! लोग यदि उसकी हरकतों पर हँस-हँसकर लट्टू होते थे, तो इसका कारण कुदरत की छेड़खानी थी। परमात्मा ने उसको बनाया ही ऐसे मिट्टी और पानी से था, कि जिसमें जाफरान गुँधी हो!

देसाई अपने ख़र्चे बहुत सोच-समझकर करता था। वह व्यर्थ के ख़र्च नहीं करता था। बड़े अरसे के बाद उसने किस्तों पर अशोक से उसकी पुरानी मोटर खरीदी। वह स्वयं चूँकि ड्राइव करना नहीं जानता था, इसलिए एक मुलाज़िम रखना पड़ा। मगर यह मुलाज़िम हर दसवें-पन्द्रहवें रोज़ बदल जाता था। मैंने एक दिन इसका कारण पूछा, तो देसाई गोल कर गया। लेकिन मुझे साउंड रिकॉर्डिस्ट जगताप ने बताया कि देसाई साहब एक ड्राइवर रखते हैं। नमूने के तौर पर उसका काम दस-बारह रोज़ देखते हैं, और फिर उसे 'कंडम' करके दूसरा रख लेते हैं। यह क्रम काफ़ी दिनों तक जारी रहा। मगर इसी बीच उसने स्वयं मोटर चलाना सीख लिया।

स्वर्गीय देसाई को दमे की शिकायत बहुत समय से थी। यह मर्ज लाइलाज घोषित कर दिया गया था। किसी के कहने पर उसने हर रोज़ दवा के तौर पर थोड़ी-सी खुश्क भंग खानी आरम्भ कर दी थी। अब वह उसका आदी बन गया था। सर्दियों में शाम को ब्रांडी का आधा पेग भी पीता था और ख़ूब चहका करता था।

'आठ दिन' में एक सीन ऐसा था कि उसे पानी के टब में बैठना था। मौसम सुहावना था, लेकिन उसकी हद से नाज़ुक तबीयत के लिए असहनीय सीमा तक ठंडा था। हमने इसको दृष्टि में रखकर पानी गरम करवा दिया और साथ ही प्रोडक्शन मैनेजर से कह दिया कि ब्रांडी तैयार रखे। जिन लोगों ने यह फ़िल्म देखी है, उनको यह सीन अवश्य-अवश्य याद होगा, जिसमें टीकमलाल (देसाई) सर नरेन्द्र के फ़्लैट के ग़ुसलख़ाने में टब में बैठा है। सिर पर बर्फ़ की थैली है। एक छोटा-सा पंखा चल रहा है और वह शराब के नशे

में धुत यह कह रहा है, "चारों ओर सागर ही सागर है, ऊपर बर्फ़ का पहाड़ है..." आदि-आदि।

शूटिंग समाप्त हुई, तो जल्दी-जल्दी देसाई के कपड़े बदलवाए गए। उसके बदन को अच्छी तरह ख़ुश्क किया गया। फिर उसको एक पेग ब्रांडी का दिया गया।

यह उसके कंठ के नीचे उतरी, तो उसने बहकना आरम्भ कर दिया, इतनी थोड़ी मात्रा ने ही उसे पूरा शराबी बना दिया। कमरे में केवल मैं उपस्थित था, चुनांचे वह मुझे अपने सारे कारनामों की दास्तान सुनाने लगा। कचहरियों में वह कैसे मुक़दमे लड़ता था और किस शानदार और ज़ोरदार तरीक़े पर अपने मुवक्किलों की वकालत करता था!

सम्भवत: 'आठ-दिन' फ़िल्माने का ही ज़माना था कि पंजाब सरकार ने धारा 292 के अन्तर्गत मेरे वारंट जारी किए। मेरे अफ़साने 'बू' पर अश्लीलता का आरोप था। इसकी चर्चा देसाई से हुई, तो उसने अपनी क़ानूनी जानकारी बघारनी आरम्भ कर दी। मुझे यकायक एक दिलचस्प शरारत सूझी। वह यह कि अपने मुक़दमे में पैरवी के लिए देसाई को चुनूँ। अदालत में निस्सन्देह एक हंगामा पैदा हो जाता, जब वह मेरी ओर से पेश होता। मैंने इसका उल्लेख मुखर्जी से किया। वह फ़ौरन मान गए।

गवाहों की लिस्ट बनाई, तो मैंने इंडियन चार्ली, नूर मोहम्मद को भी उसमें शामिल किया। चार्ली और देसाई सारे लाहौर को अदालत के कमरे में खींचने के लिए काफ़ी थे। मैं इसकी कल्पना करता तो मेरे सारे शरीर में हँसी का चश्मा फूटने लगता। मगर अफ़सोस कि शूटिंग की कठिनाइयों के कारण मेरा यह स्वप्न पूरा न हुआ।

देसाई को अफ़सोस था कि उसको अपनी क़ानूनी योग्यता प्रदर्शित करने का अवसर न मिला। कमबख़्त की निगाहों से यह बिलकुल ओझल था कि मुझे उसकी योग्यता में कोई दिलचस्पी नहीं थी। मैं तो यह चाहता था कि जब वह अदालत में पेश हो, तो बार-बार बौखलाए, जो कुछ कहना चाहता है, बार-बार भूले, पेशावर के पानी को पेशाब बनाए और इतने रिटेक कराए कि सबकी तबीयत साफ़ हो जाए!

वी.एच. देसाई

देसाई मर चुका है। जीवन में केवल एक बार उसने रिटेक होने नहीं दिया। रिहर्सल किए बग़ैर उसने भगवान के आदेश की तामील की और लोगों को और हँसाए बिना मौत की गोद में चला गया!

तीन गोले

हसन बिल्डिंग के फ़्लैट नम्बर एक में तीन गोले, मेरे सामने मेज़ पर पड़े थे। मैं ग़ौर से उनकी तरफ़ देख रहा था और मीराजी की बातें सुन रहा था। इस व्यक्ति को मैंने पहली बार यहीं देखा। लगभग सन चालीस था। बम्बई छोड़कर मुझे दिल्ली आए कोई अधिक समय नहीं बीता था। मुझे याद नहीं कि वह फ़्लैट नम्बर एक वालों का दोस्त था या ऐसे ही चला आया था, लेकिन मुझे इतना ही याद है कि उसने यह कहा था कि उसको रेडियो स्टेशन से पता चला था कि मैं निकलसन रोड पर सादत हसन बिल्डिंग्स में रहता हूँ।

इस मुलाक़ात के पूर्व मेरे और उसके बीच साधारण-सा पत्र-व्यवहार हो चुका था। मैं बम्बई में था, जब उसने 'अदबी दुनिया' के लिए मुझसे एक अफ़साना माँगा था। मैंने उसकी इच्छानुसार एक अफ़साना भेज दिया, लेकिन साथ ही यह भी लिख दिया कि इसका पारिश्रमिक अवश्य मिलना चाहिए। उसके उत्तर में उसने एक पत्र लिखा था कि मैं अफ़साना वापस भेज रहा हूँ, इसलिए कि 'अदबी दुनिया' के मालिक मुफ़्तखोर क़िस्म के आदमी हैं। अफ़साने का नाम 'मौसम की शरारत' था। इस पर उसने आपत्ति की थी कि इस शरारत का विषय से कोई सम्बन्ध नहीं, इसलिए इसे बदल दिया जाए। मैंने इसके उत्तर में उसे लिखा कि मौसम की शरारत ही इस

अफ़साने का विषय है। मुझे आश्चर्य है कि यह तुम्हें क्यों नज़र न आई। मीराजी का दूसरा पत्र आया, जिसमें उसने अपनी ग़लती मान ली और अपना आश्चर्य प्रकट किया कि 'मौसम की शरारत' वह 'मौसम की शरारत' में क्यों देख न सका।

मीराजी की लिखाई बहुत स्पष्ट और सरल थी। मोटे पेन की निब से निकले हुए बड़े सही आकार के शब्द तिकोन की-सी आसानी से बने हुए, हर जोड़ स्पष्ट। मैं इससे बहुत प्रभावित हुआ था। लेकिन अजीब बात यह है कि मुझे इसमें मौलाना हामिद अली ख़ाँ सम्पादक 'हुमायूँ' की लिखावट की झलक नज़र आई। यह हल्की-सी किन्तु काफ़ी एकरूपता और समानता अपने भीतर क्या गहराई रखती है, इसके विषय में मैं अब भी ग़ौर करता हूँ तो मुझे कोई ऐसा सहल या बिन्दु सुझाई नहीं देता, जिस पर मैं किसी सम्भावना का आधार खड़ा कर सकूँ।

हसन बिल्डिंग्स के फ़्लैट नम्बर एक में तीन गोले मेरे सामने मेज़ पर पड़े थे और मीराजी, लम्बे-तड़गे और गोल-मटोल शे'र कहनेवाला शायर मुझसे बड़े सही आकार-प्रकार और बड़ी सही नोक-पलक की बातें कर रहा था, जो मेरे अफ़सानों के विषय में थीं। वह प्रशंसा कर रहा था, न आलोचना। एक संक्षिप्त-सी टिप्पणी थी। एक सरसरी-सी समीक्षा थी, मगर इससे पता चलता था कि मीराजी के मस्तिष्क में मकड़ी के जाले नहीं। उसकी बातों में उलझाव नहीं था और यह चीज़ मेरे लिए आश्चर्य का कारण थी। इसलिए कि उसकी अधिकतर नज़्में क्लिष्टता और उलझाव के कारण सदा मेरी समझ के परे थीं। लेकिन आकार-प्रकार और रूप-रंग की दृष्टि से वह बिलकुल ऐसा ही था, जैसी उसकी अतुकान्त अस्पष्ट शायरी। उसको देखकर उसकी शायरी मेरे लिए और भी जटिल हो गई।

नून. मीम. राशद अतुकान्त शायरी का इमाम माना जाता है। उसको देखने का संयोग भी देहली ही में हुआ था। उसका कलाम भी मेरी समझ में आ जाता था और उसकी एक नज़र देखने से उसकी शक्ल-व-सूरत भी मेरी समझ में आ गई। चुनांचे एक बार मैंने रेडियो स्टेशन के बरामदे में पड़ी हुई बिना मडगार्ड की साइकिल देखकर उसे ठिठोली करने के इरादे से कहा था, "लो, यह हो

तुम और तुम्हारी शायरी।" लेकिन मीराजी को देखकर मेरे मस्तिष्क में सिवाय उसकी अस्पष्ट नज़्मों के और कोई शक्ल नहीं बनती थी।

मेरे सामने मेज़ पर तीन गोले पड़े थे। तीन लोहे के गोले, सिगरेट की पन्नियों में लिपटे हुए। दो बड़े, एक छोटा। मैंने मीराजी की तरफ़ देखा, उसकी आँखें चमक रही थीं और उनके ऊपर उसका बड़ा भूरे बालों से अटा हुआ सिर—ये भी तीन गोले थे। दो छोटे-छोटे, एक बड़ा। मैंने यह समानता महसूस की तो उसकी प्रतिक्रिया मेरे होंठों पर मुस्कराहट में प्रकट हुई। मीराजी दूसरों की प्रतिक्रिया ताड़ने में बड़ा होशियार था। उसने तुरन्त अपनी शुरू की हुई बात अधूरी छोड़कर मुझसे पूछा, "क्यों भइया, किस बात पर मुस्कराए?"

मैंने मेज़ पर पड़े तीन गोलों की ओर संकेत किया। अब मीराजी की बारी थी। उसके पतले-पतले होंठ महीन-महीन भूरी मूँछों के नीचे गोल-गोल अन्दाज़ में मुस्कराए।

उसके गले में मोटे-मोटे गोल मनकों की माला थी, जिसका केवल ऊपर का हिस्सा क़मीज़ के खुले हुए कॉलर से नज़र आता था—मैंने सोचा, इस व्यक्ति ने अपनी क्या विरूपता बना रखी है—लम्बे-लम्बे गन्दे बाल, जो गर्दन से नीचे लटकते थे, फ्रेंच-कट-सी दाढ़ी, मैल से अटे हुए नाख़ून। सर्दियों के दिन थे। ऐसा लगता था, महीनों से इसके शरीर ने पानी की शक्ल नहीं देखी।

यह उस समय की बात है, जब शायर, साहित्यकार और एडीटर आमतौर पर लांडरी में नंगे बैठकर डबल रेट पर अपने कपड़े धुलवाया करते थे और बड़ी मैली-कुचैली ज़िन्दगी बिताते थे। मैंने सोचा, शायद मीराजी भी इसी क़िस्म का शायर और एडीटर है। लेकिन उसका गन्दापन, उसके लम्बे बाल, उसकी फ्रेंच-कट दाढ़ी, गले की माला और वे तीन लोहे के गोले—आर्थिक स्थिति के चिह्न मालूम नहीं होते थे। उनमें एक दरवेशपन था। एक प्रकार का पारसाईपन...जब मैंने पारसाईपन के विषय में सोचा तो मेरा मस्तिष्क रूस के दीवाने शहब रास्पोटीन की ओर चला गया। मैंने कहीं पढ़ा, वह बहुत गन्दगी पसन्द था, बल्कि यूँ कहना चाहिए कि गन्दगी का उसे कोई एहसास ही नहीं

था, उसके नाख़ूनों में भी हर वक़्त मैल भरा रहता था। खाना खाने के बाद उसकी उँगलियाँ लिथड़ी रहती थीं। जब उसे उनकी सफ़ाई की ज़रूरत होती तो वह उन्हें पास बैठी शाहजादियों और रईसजादियों की तरफ़ बढ़ा देता, जो उनकी तमाम गन्दगी अपनी ज़बान से चाट लेती थीं।

क्या मीराजी इस क़िस्म का दरवेश था? यह सवाल उस वक़्त और बाद में भी कई बार मेरे मस्तिष्क में पैदा हुआ। मैं अमृतसर में साईं घोड़ेशाह को देख चुका था जो बिलकुल नंगा रहता था और कभी नहाता नहीं था। इस तरह के और भी कई साईं और दरवेश मेरी दृष्टि से गुज़र चुके थे, जो गन्दगी के पुतले थे, मगर उनसे मुझे घिन आती थी। मीराजी की अस्वच्छता से मुझे घृणा कभी नहीं हुई, उलझन अलबत्ता बहुत हुई थी।

घोड़ेशाह की कबील के साईं आमतौर पर यथाशक्ति गन्दी बातें कहते हैं, मगर मीराजी के मुख से मैंने कभी कोई गन्दा वाक्य नहीं सुना। इस क़िस्म के साईं प्रकट रूप से ब्रह्मचारी मगर वास्तव में हर प्रकार के यौन क्रियाकलापों में डूबे होते हैं। मीराजी भी ब्रह्मचारी था, मगर उसने अपनी यौनतुष्टि के लिए केवल अपने मन-मस्तिष्क को अपना भागीदार बना रखा था। इस दृष्टि से यद्यपि उसमें और घोड़ेशाह के कबील के साइंयों में एक गुना समानता थी, मगर वह उनसे बहुत भिन्न था। वह तीन गोले था, जिनको लुढ़काने के लिए उसको किसी बाह्य सहायता की ज़रूरत नहीं पड़ती थी। हाथ ज़रा-सी हरकत और एकान्त के हल्के से झटके से वह इन तीनों चीज़ों को ऊँची-से-ऊँची बुलन्दी और नीची-से-नीची गहराई की सैर करा सकता था और यह गुर उसे इन्हीं तीन गोलों ने बताया था, जो शायद उसे कहीं पड़े हुए मिले थे। इन बाह्य संकेतों ने उस पर एक आदि और शाश्वत सत्य को प्रकट किया था। हुस्न, इश्क़ और मौत—इस क्रम के तमाम जटिल कोण केवल इन तीन गोलों के कारण उसकी समझ में आए थे। लेकिन हुस्न और इश्क़ के परिणाम को चूँकि उसने परास्त ऐनक से देखा था, जिसके शीशों में तरेड़ें थीं। इसलिए इसको जिस रूप में उसने देखा था, सही नहीं था। यही वजह है कि इस सारे अस्तित्व में एक अवर्णनीय भ्रम का विष फैल गया था, जो एक बिन्दु से शुरू होकर एक वृत्त में परिवर्तित हो गया था। इस दृष्टि से उसका प्रत्येक

बिन्दु उसका आरम्भ-बिन्दु है और वही बिन्दु इति-बिन्दु है। यही कारण है कि उसका भ्रम नुकीला नहीं था। उसका रुख़ मौत की तरफ़ था न ज़िन्दगी की तरफ़, आशामयता की ओर न निराशा की तरफ़, उसने अथ और इति को अपनी मुट्ठी में इस ज़ोर से भींच रखा था कि इन दोनों का रस निचुड़-निचुड़कर उसमें से टपकता रहता था। लेकिन परोत्पीड़कों की तरह वह इससे ख़ुश नज़र नहीं आता था। यहाँ फिर उसकी भावनाएँ गोल हो जाती थीं। उन तीन लोहे के गोलों की तरह, जिनको मैंने पहली बार हसन बिल्डिंग्स के फ़्लैट नम्बर एक में देखा था।

उसके शे'र की एक पंक्ति है :

'नगरी-नगरी फिरा मुसाफ़िर, घर का रस्ता भूल गया।'

मुसाफ़िर को रास्ता भूलना ही था। इसलिए उसने चलते वक़्त आरम्भ-बिन्दु पर कोई चिह्न नहीं बनाया था। अपने बनाए हुए वृत्त के निशान के साथ-साथ घूमता वह निश्चित रूप से कई बार इधर से गुज़रा, मगर उसे याद न रहा कि उसने अपनी यह लम्बी यात्रा कहाँ से शुरू की थी। और मैं तो समझता हूँ कि मीराजी यह भूल गया था कि वह मुसाफ़िर है, सफ़र है या रास्ता। यह तिगड्डा वेश भी उसके मन-मस्तिष्क की शिराओं में वृत्त का रूप धारण कर गया था।

उसने एक लड़की मीरा से मुहब्बत की और वह सना अल्लाह से मीराजी बन गया। इस मीरा के नाम की रिआयत से उसने मीराबाई के गीतों को पसन्द करना शुरू कर दिया। जब उसे अपनी प्रियतमा का शरीर प्राप्त नहीं हुआ, तो उसने कुम्हार की तरह चाक घुमाकर अपनी कल्पना की मिट्टी से शुरू-शुरू में उसी आकार-प्रकार के शरीर तैयार करने शुरू कर दिये, लेकिन बाद में धीरे-धीरे उस शरीर की बनावट के तमाम अंग, उसकी सभी प्रकट विशेषताएँ, तेज़ रफ़्तार चाक पर घूम-घूमकर निरन्तर नई आकृति धारण करती गईं और एक समय ऐसा आया कि मीराजी के हाथ उसकी कल्पना की नर्म-गर्म मिट्टी और चाक अनवरत गर्दिश से बिलकुल गोल हो गए। कोई भी टाँग मीरा की टाँग हो सकती थी। कोई भी चीथड़ा मीरा का लिबास बन सकता था। कोई भी पथ मीरा के पथ में परिवर्तित हो सकता था और अन्तिम परिणाम यह

हुआ कि कल्पना की नर्म-नर्म मिट्टी की सोंधी गन्ध सड़ाँध बन गई और वह आकार देने के पूर्व ही उसको चाक से उतारने लगा।

पहले मीरा ऊँचे महलों में रहती थी। मीराजी ऐसा भटका कि रास्ता भूलकर उसने नीचे उतरना शुरू कर दिया। उसको इस गिरावट का बिलकुल भी एहसास न था। इसलिए कि उतराई में प्रत्येक पग पर मीरा की कल्पना उसके साथ थी, जो उसके जूतों के तलवों की तरह घिसती गई। पहले मीरा सामान्य महबूबाओं की तरह बड़ी ख़ूबसूरत थी, लेकिन ख़ूबसूरती प्रत्येक नारी की पोशाक में लिपटी देख-देखकर कुछ इस तौर पर उसके मन-मस्तिष्क में छा गई थी कि उसकी सही कल्पना की दुखदायी जुदाई का भी मीराजी को एहसास न था। अगर एहसास होता तो इतनी बड़ी ट्रेजडी के जुलूस के कुछ अप्रकट चिह्न उसकी शायरी में अवश्य मौजूद होते, जो मीरा से मुहब्बत करते ही उसके मन-मस्तिष्क में निकलना शुरू हो गए थे।

हुस्न, इश्क़ और मौत—यह त्रिकोण पिचककर मीराजी के अस्तित्व में गोल हो गया था। केवल यही नहीं, दुनिया उसके मन-मस्तिष्क में गोल दायरा बन गई थी। यही कारण है कि उसके त्रिकोण के अंग कुछ इस प्रकार आपस में गड्ड-मड्ड हो गए थे कि उनका क्रम बिगड़ गया था। क़भी मौत पहले, हुस्न आख़िर और इश्क़ बीच में, क़भी इश्क़ पहले, मौत उसके बाद और हुस्न आख़िर में और यह चक्र महसूस न होने के रूप में चलता रहता था।

किसी भी औरत से इश्क़ किया जाए, तिगड्डा एक ही क़िस्म का बनता है। हुस्न, इश्क़ और मौत—आशिक, माशूक और मिलन। मीरा से सना अल्लाह का मिलन जैसा कि जाननेवालों को मालूम है, न हुआ हो या न हो सका। इस न होने या न हो सकने की प्रतिक्रिया मीराजी था। उसने इस प्रेम में पराजय खाकर इस त्रिकोण के टुकड़ों को इस तरह जोड़ा था कि उनमें एक पूर्णता तो आ गई थी, मगर वास्तविकता बिगड़ गई थी। वे तीन कोण, जिनका रुख़ लम्ब रेखा में एक-दूसरे की ओर होता है, दब गई थीं। महबूब से मिलन के लिए अब यह ज़रूरी नहीं था कि महबूब मौजूद हो। वह स्वयं ही आशिक था, ख़ुद ही माशूक और स्वयं ही मिलन।

मुझे मालूम नहीं, उसने लोहे के ये गोले कहाँ से लिये थे। स्वयं प्राप्त किए थे या कहीं पड़े मिल गए थे। मुझे याद है, एक बार इनके विषय में मैंने बम्बई में उससे प्रश्न किया था तो उसने सरसरी तौर पर इतना क़हा था, "मैंने ये स्वयं पैदा नहीं किए, अपने आप पैदा हो गए हैं।"

फिर उसने उस गोले की ओर संकेत किया था, जो सबसे बड़ा था, "पहले यह अस्तित्व में आया था, इसके बाद यह दूसरा, जो इससे छोटा था, इसके पीछे यह कोचक।"

मैंने मुस्कराकर उससे कहा था, "बड़े तो बाबा आदम आलिया अलस्सलाम हुए, ख़ुदा उनको वह जन्नत नसीब करे, जिससे वह निकाले गए थे—दूसरे को हम अम्मा हव्वा कह लेते हैं और तीसरे को उनकी औलाद।"

मेरी इस बात पर मीराजी ख़ूब खुलकर हँसा था। अब मैं सोचता हूँ तो मुझे इन तीन गोलों पर सारी दुनिया घूमती नज़र आती है। त्रिकोण क्या सृजन का दूसरा नाम नहीं? वे तमाम त्रिकोण, जो हमारी ज़िन्दगी की ज्यामिती में मौजूद हैं, क्या उनमें इनसान की सृजनात्मक शक्तियों का चिह्न नहीं है?

ख़ुदा, बेटा और आत्मा—त्रिकोण, ईसाइयत का क्रॉस—त्रिशूल, महादेव का त्रिशाखा भाला—तीन देवता—ब्रह्मा, विष्णु, महेश—त्रिलोक—आकाश, पृथ्वी और पाताल—ख़ुश्की, तरी और हवा—तीन बुनियादी रंग—लाल, नीला और पीला। फिर हमारे रीति-रिवाज और धार्मिक आदेश। ये तीजे, सोयम और तिलेंडियाँ। वजू में तीन बार हाथ-मुँह धोने की शर्त। तीन तलाक़ें और त्रिकोण और जुए में नर्दबाजी के तीन पासों के तीन बिन्दु यानी तीन काने। संगीत के तिय्ये—जीवनामृत के मलबे को अगर खोदकर देखा जाए तो मेरा विचार है, ऐसे कई त्रिकोण मिल जाएँगे। इसलिए उसके प्रजनन के कार्यकलाप का घेरा भी त्रिरंगी है।

ज्यामिती में त्रिकोण बहुत विशेष महत्त्व रखता है। दूसरी शक्लों की तुलना में यह ऐसी कट्टर और बेलोच शक्ल है, जिसे आप किसी और शक्ल में तब्दील नहीं कर सकते। लेकिन मीराजी ने अपने मन-मस्तिष्क और शरीर में इस त्रिकोण को, जिसका वर्णन ऊपर हो चुका है, कुछ इस तरह दबाया कि उसके अंग अपनी जगह से हट गए, जिसका परिणाम यह हुआ कि आसपास

की दूसरी चीज़ें भी इस त्रिकोण के साथ विकृत हो गईं और मीराजी की शायरी अस्तित्व में आई।

पहली भेंट ही में मेरी-उसकी बेतकल्लुफ़ी हो गई थी। उसने मुझे देहली में बताया था कि उसकी शारीरिक ज़रूरत आमतौर पर रेडियो स्टेशन के स्टूडियो में होती है। जब ये कमरे ख़ाली होते थे, तो वह बड़ी निश्चिन्तता से अपनी इच्छापूर्ति कर लिया करता था। उसकी यह शारीरिक इच्छा ही, जहाँ तक मैं समझता हूँ, उसकी दुरूह शायरी का कारण है वरना जैसाकि मैं पहले बयान कर चुका हूँ, सामान्य बातचीत में वह बड़ा स्पष्ट दिमाग़ था। वह चाहता था कि जो कुछ उस पर बीती है शे'रों में अभिव्यक्त हो जाए। मगर मुसीबत यह थी कि जो मुसीबत उस पर टूटी थी, उसको उसने बड़े बेढंगे तरीक़े से जोड़कर अपनी निगाहों के सामने रखा था। उसे इसका पता था। इस सम्बन्ध में वह अपनी विवशता भली प्रकार महसूस करता था, लेकिन जन-साधारण की तरह उसने अपनी इस कमज़ोरी को अपना ख़ास रंग बनाने की कोशिश की और धीरे-धीरे इस मीरा को भी अपनी पथभ्रष्टता की सूली पर चढ़ा दिया।

एक शायर की हैसियत से उसकी हैसियत वही है, जो गले-सड़े पत्तों की होती है, जिन्हें खाद के रूप में प्रयोग किया जा सकता है। मैं समझता हूँ, उसकी शायरी बहुत उत्तम खाद है, जिसकी उपयोगिता एक-न-एक दिन अवश्य प्रकट होकर रहेगी। उसकी शायरी एक पथभ्रष्ट व्यक्ति की वाणी है, जो मानवता के गहनतम पतन के विषय में होने के बावजूद दूसरे लोगों के लिए ऊँचे वातावरण में वायुसूचक का काम दे सकता है। उसकी शायरी एक 'जिगला पजले' है, जिसके टुकड़े बड़ी तसल्ली और शान्ति से जोड़कर देखने चाहिए।

इनसान की हैसियत से वह बड़ा दिलचस्प था। पहले दर्जे का सहिष्णु, जिसको अपने इस लगभग अद्वितीय गुण का ज़रा भी एहसास नहीं था। मेरा व्यक्तिगत विचार है कि वे व्यक्ति जो अपनी शारीरिक भूख का फ़ैसला अपने हाथों को सौंप देते हैं, आमतौर पर इसी तरह के सहिष्णु होते हैं। इसमें कोई शक नहीं कि वे स्वयं को सरासर धोखा देते हैं, मगर इस धोखे में जो ईमानदारी होती है, वह स्पष्ट है।

मीराजी ने शायरी की, बड़ी ईमानदारी के साथ; शराब पी, बड़ी ईमानदारी के साथ; भंग पी, वह भी बड़ी ईमानदारी के साथ। लोगों से दोस्ती की और उसे निभाया। अपनी ज़िन्दगी की एक महानतम इच्छा को फ़रेब देने के बाद वह किसी अन्य से धोखा-फ़रेब करने के योग्य ही नहीं रहा था। इस शक्ति के विवेचन के बाद वह इतना निरीह हो गया था कि अनुपयोगी-सा लगता था। एक भटका हुआ मुसाफ़िर, जो नगरी-नगरी फिर रहा है। मंज़िल-मंज़िल क़दम-क़दम पर अपनी गोद इसके लिए फैलाती हैं, मगर वह इनकी ओर देखे बिना आगे निकलता जा रहा है...किसी ऐसी जगह जिसकी कोई दिशा है न क्षेत्रफल—एक ऐसे त्रिकोण की ओर जिसकी रेखाएँ अपनी जगह से हटकर तीन वृक्षों की शक्ल में उसके गिर्द घूम रही हैं।

मैंने मीराजी से उसकी शायरी के विषय में दो-तीन वाक्यों से अधिक कभी बातचीत न की। मैं उसे बकवास कहा करता था और वह उसे स्वीकार करता था। इन तीन गोलों और मोटे-मोटे दानों की माला को मैं उसका फ्रॉड कहता था। इसे भी वह स्वीकार करता था। यद्यपि हम दोनों जानते थे कि ये चीज़ें फ्रॉड नहीं हैं।

एक बार उसके हाथ में तीन के बजाय दो गोले देखकर मुझे बहुत आश्चर्य हुआ। मैंने जब यह प्रकट किया तो मीराजी ने कहा, "बरख़ुरदार का इन्तकाल हो गया है, मगर अपने वक़्त पर एक और पैदा हो जाएगा।"

मैं जब तक बम्बई में रहा, यह दूसरा बरख़ुरदार पैदा नहीं हुआ। या तो अम्मा हव्वा बाँझ हो गई थी या बाबा आदम में प्रजनन शक्ति नहीं रही थी। यह रहा-सहा बाहरी त्रिकोण भी टूट गया था, और यह अपशगुन था। बाद में मुझे मालूम हुआ कि मीराजी को इसका एहसास था, चुनांचे जैसाकि सुनने में आया, उसने इसके बाक़ी के वे हिस्से भी अपने हाथ से अलग कर दिये थे।

मुझे मालूम नहीं, मीराजी घूमता-घामता कब बम्बई पहुँचा। मैं उन दिनों फ़िल्मिस्तान में था। जब वह मुझसे मिलने के लिए आया, बहुत गिरी हुई हालत में था। हाथ में गोले वैसे ही मौजूद थे। फटी-पुरानी-सी कॉपी भी थी, जिसमें शायद मीराबाई की वाणी उसने अपने हाथ से लिखी हुई थी। साथ ही

एक अजीब शक्ल की बोतल थी, जिसकी गर्दन मुड़ी हुई थी। इसमें मीराजी ने शराब डाल रखी थी। इच्छा होने पर वह इसका कार्क खोलता और एक घूँट चढ़ा लेता था।

दाढ़ी ग़ायब थी, सिर के बाल बहुत हल्के थे। बाक़ी शरीर की गन्दगी यथावत् मौजूद। चप्पल का एक पैर ठीक हालत में था, दूसरा मरम्मत चाहता था। यह कमी उसने पाँव पर रस्सी बाँधकर दूर कर रखी थी। थोड़ी देर इधर-उधर की बातें हुईं। उन दिनों शायद 'आठ दिन' की शूटिंग हो रही थी। इसकी कहानी मेरी थी, जिसके लिए दो-एक गानों की ज़रूरत थी। मैंने इस विचार से कि मीराजी को कुछ रुपये मिल जाएँ, उससे ये गाने लिखने के लिए कहा, जो उसने वहीं बैठे-बैठे लिख दिये, मगर खड़े-खड़े क़िस्म के। निहायत वाहियात जो एकदम ग़ैर-फ़िल्मी थे। मैंने जब उसको अपना फ़ैसला सुनाया तो वह ख़ामोश रहा। वापस जाते हुए उसने मुझसे सात रुपये माँगे कि उसे एक अद्धा लेना था।

उसके बाद बहुत देर तक उसको प्रतिदिन साढ़े सात रुपये देना मेरा फ़र्ज़ हो गया। मैं स्वयं बोतल का रसिया था। यह मुँह न लगे तो जी पर क्या गुज़रती है, इसका मुझे भली प्रकार ज्ञान था। इसलिए मैं इस रक़म का प्रबन्ध कर रखता। सात रुपये में रम का अद्धा आता था। बाक़ी आठ आने उसके आने-जाने के लिए होते थे।

बारिशों का मौसम आया तो उसे बड़ी दिक़्क़त महसूस हुई। बम्बई में इतनी अधिक बारिश होती है कि आदमी की हड्डियाँ तक भीग जाती हैं। उसके पास फ़ालतू कपड़े नहीं थे। इसलिए यह मौसम उसके लिए और भी अधिक दुखदायी था। संयोग से मेरे पास एक बरसाती थी जो मेरा एक हट्टा-कट्टा फ़ौजी दोस्त केवल इसलिए मेरे घर भूल गया था कि वह बहुत वजनी थी और उसके कन्धे सुन्न कर देती थी। मैंने इसका ज़िक्र मीराजी से किया और उसका वजन भी उसे बता दिया। मीराजी ने कहा, "कोई परवाह नहीं, मेरे कन्धे इसका बोझ सहन कर लेंगे। चुनांचे मैंने वह बरसाती उसके हवाले कर दी, जो सारी बरसात उसके कन्धों पर रही।

स्वर्गवासी को समुद्र से बहुत दिलचस्पी थी। मेरा एक दूर का सम्बन्धी

अशरफ़ था। वह उन दिनों पायलट था। जुहू में समुद्र के किनारे रहता था। यह मीराजी का दोस्त था। पता नहीं उनकी दोस्ती का आधार क्या था, क्योंकि अशरफ़ को शे'र-ओ-शायरी से दूर का वास्ता भी नहीं है।

उस समय मीराजी उसके घर रहता था और दिन को उसके हिसाब में पीता था।

अशरफ़ जब अपने झोंपड़े में नहीं होता था, तो मीराजी किनारे की नर्म-नर्म और गीली-गीली रेत पर बरसाती बिछाकर लेट जाता और दुरूह शे'रों का सृजन किया करता था।

उन दिनों हर इतवार को जुहू जाना और दिन-भर पीना मेरे लिए सामान्य-सा हो गया था। दो-तीन दोस्त इकट्ठे होकर सुबह निकल जाते और सारा दिन समुद्र-तट पर गुज़ारते। मीराजी वहीं मिल जाता। ऊटपटाँग क़िस्म के शुगल रहते। हमने इस दौरान शायद ही कभी साहित्य के विषय में बातचीत की हो। मर्दों-औरतों के तीन-चौथाई नंगे ज़िस्म देखते थे। दही-बड़े और चाट खाते थे और नारियल के पानी के साथ शराब मिलाकर पीते थे और मीराजी को वहीं छोड़कर वापस घर चले आते थे।

अशरफ़ कुछ समय के बाद मीराजी का बोझ महसूस करने लगा था। वह स्वयं पीता था, किन्तु अपनी निश्चित सीमा से आगे नहीं बढ़ता था। मीराजी के विषय में उसे शिकायत थी कि वह अपनी सीमा से गुज़रकर एक और सीमा नियत कर लेता है, जिसकी कोई सीमा नहीं होती। बेहोश पड़ा है, मगर और माँगे जा रहा है। अपनी इस इच्छा का दायरा बना लेता है और भूल जाता है कि यह कहाँ से शुरू हुई थी और इसे कहाँ ख़त्म होना था।

मुझे उसके मद्यपान के इस पक्ष का पता नहीं था, लेकिन एक दिन उसका तजुर्बा भी हो गया, जिसको याद करके मेरा दिल आज भी दुखी हो जाता है।

तेज़ बारिश हो रही थी, जिसके कारण बिजली की गाड़ियों के आवागमन का क्रम टूट गया था। 'खुश्क दिन' होने के कारण शहर में शराब की दुकानें बन्द थीं। उपनगरों में केवल बान्द्रा ही एक ऐसी जगह थी, जहाँ से नियत दामों पर यह चीज़ मिल सकती थी। मीराजी मेरे साथ था। उसके अलावा मेरा पुराना लँगोटिया हसन अब्बास, जो देहली से मेरे साथ कुछ दिन बिताने

के लिए आया था। हम तीनों बान्द्रा उतर गए और डेढ़ बोतल रम खरीद ली। वापस स्टेशन पर आए तो राजा मेहदी अली ख़ाँ मिल गया। मेरी पत्नी लाहौर गई हुई थी इसलिए प्रोग्राम यह बना कि मीराजी और राजा रात मेरे ही घर रहेंगे।

एक बजे तक रम के दौर चलते रहे। बड़ी बोतल ख़त्म हो गई। राजा के लिए दो पेग काफ़ी थे। इनको ख़त्म करके वह एक कोने में बैठ गया और फ़िल्मी गीत लिखने की प्रैक्टिस करता रहा। हसन अब्बास और मीराजी पीते और व्यर्थ बातें करते रहे, जिनका सिर था न पैर। कर्फ़्यू के कारण बाज़ार सुनसान था। मैंने कहा, अब सोना चाहिए। अब्बास और राजा ने मेरे इस फ़ैसले पर सहमति की। मीराजी न माना। अद्धे की मौजूदगी का उसे पता था इसलिए वह और पीना चाहता था? पता नहीं क्यों मैं और अब्बास जिद्द में आ गए और अद्धा खोलने से इनकार कर दिया। मीराजी ने पहले मिन्नतें कीं, फिर हुक्म देने लगा। मैं और अब्बास दोनों परले दर्जे के ढीठ हो गए। हमने उससे ऐसी बातें कीं कि उनकी याद से मुझे शर्म महसूस होती है। लड़-झगड़कर हम दूसरे कमरे में चले गए।

मैं प्रात: उठने का आदी हूँ। सबसे पहले उठा और साथ वाले कमरे में गया। मैंने रात को राजा से कह दिया था कि वह मीराजी के लिए स्ट्रेचर बिछा दे और स्वयं सोफ़े पर सो जाए। राजा स्ट्रेचर में लबालब भरा था, मगर सोफ़े पर मीराजी मौजूद न था। मुझे बहुत आश्चर्य हुआ। ग़ुसलख़ाने और बावर्चीख़ाने में देखा। वहाँ भी कोई नहीं था। मैंने सोचा, नाराज़ी की हालत में चला गया है। चुनांचे स्थिति का पता लगाने के लिए मैंने राजा को जगाया। उसने बताया कि मीराजी मौजूद था। उसने स्वयं उसे सोफ़े पर लिटाया था। हम यह बात कर ही रहे थे कि मीराजी की आवाज़ आई, "मैं यहाँ मौजूद हूँ।"

वह फर्श पर राजा मेहदी अली ख़ाँ के स्ट्रेचर के नीचे लेटा हुआ था। स्ट्रेचर उठाकर उसको बाहर निकाला गया। रात की बात हम सबके दिल में लौट आई, लेकिन किसी ने उस पर बातचीत न की। मीराजी ने मुझसे आठ आने लिये और भारी-भरकम बरसाती उठाकर चला गया। मुझे उस पर बहुत तरस आया और स्वयं पर बहुत ग़ुस्सा। अत: मैंने मन-ही-मन स्वयं की बहुत

लानत-मलामत की कि मैं रात को एक निकम्मी-सी बात पर उसको दुख पहुँचाने का कारण बना।

इसके बाद भी मीराजी मुझसे मिलता रहा। फ़िल्मी इंडस्ट्री की स्थिति बिगड़ जाने के फलस्वरूप मेरा हाथ तंग हो गया था। अब मैं हर रोज़ मीराजी की शराब का ख़र्च सहन नहीं कर सकता था। मैंने उससे कभी इसका ज़िक्र नहीं किया, लेकिन उसको पता चल गया था। अत: एक दिन मुझे मालूम हुआ कि उसने शराब छोड़ने के निश्चय से भंग खानी शुरू कर दी है।

भंग से मुझे अत्यन्त घृणा है। एक-दो बार प्रयोग करने से मैं उसके जिल्लतवाले नशे और उसकी प्रतिक्रिया का तजुर्बा कर चुका हूँ। मैंने मीरा जी से जब इसके विषय में बात की तो उसने कहा, "नहीं...मेरा ख़याल है, यह नशा भी कोई बुरा नहीं। इसका अपना रंग है। अपनी कैफ़ियत है, अपना मिज़ाज है।"

उसने भंग के नशे की विशेषताओं पर एक लेक्चर-सा शुरू कर दिया। अफ़सोस है कि मुझे पूरी तरह याद नहीं कि उसने क्या कहा था। उस वक़्त मैं अपने दफ़्तर में था और 'आठ दिन' के मुश्किल अध्याय के दृश्य बनाने में व्यस्त था और मेरा मस्तिष्क एक वक़्त में केवल एक काम करने का आदी है। वह बातें करता रहा और मैं दृश्य सोचने में लगा रहा।

भंग पीने के बाद मस्तिष्क पर क्या गुज़रती है, मुझे इसके विषय में केवल इतना ही मालूम था कि आसपास की चीज़ें या तो बहुत छोटी हो जाती हैं या बहुत बड़ी। आदमी सीमा से अधिक संवेदनशील हो जाता है। कानों में ऐसा शोर मचता है, जैसे इनमें लोहे के कारख़ाने खुल गए हैं। दरिया पानी की हल्की-सी लकीरें बन जाते हैं और पानी की हल्की-सी लकीरें बहुत बड़े दरिया। आदमी हँसना शुरू करे तो हँसता ही जाता है, रोये तो रोते नहीं थकता।

मीराजी ने इस नशे का जो वर्णन किया, वह मेरा विचार है, इससे बहुत भिन्न था। उसने मुझे इसके विभिन्न दर्जे बताए थे। उस वक़्त जबकि वह भंग खाये हुए था, लगभग लहरों की बात कर रहा था—"लो वह कुछ गड़बड़ी हुई...कोई चीज़ इधर-उधर की चीज़ों से मिल-मिलाकर ऊपर को उठी...नीचे

आ गई...फिर गड़बड़-सी हुई...और धीरे-धीरे आगे बढ़ने लगी...मस्तिष्क की शिराओं में रेंगने लगीं। सरसराहट महसूस हो रही है...पर बड़ी नर्म-नर्म... पहले नून था...पूरे ऐलान के साथ...अब यह गुन्ने में परिवर्तित हो रहा है... धीरे-धीरे...हौले-हौले...जैसे बिल्ली गुदगुदे पंजों पर चल रही है...ओह...ज़ोर से म्याऊँ हुई लहर टूट गई...ग़ायब हो गई।" और वह चौंक पड़ता।

थोड़े समयान्तर के बाद वह फिर यही विवरण नये सिरे से महसूस करता—"लो, अब फिर नून के ऐलान की तैयारियाँ होने लगीं। गड़बड़ शुरू हो गई है...आसपास की चीज़ें यह ऐलान सुनने के लिए जमा हो रही हैं। कानाफूसियाँ भी हो रही हैं...हो गया...ऐलान हो गया...नून ऊपर को उठा...धीरे-धीरे नीचे आया...फिर वही गड़बड़...वही कानाफूसियाँ... आसपास की चीज़ों की भीड़ में नून ने अँगड़ाई ली और रेंगने लगा...गुन्ना खिंचकर लम्बा होता जा रहा है...कोई इसे कूट रहा है, रुई के हथौड़ों से...। चोटें सुनाई नहीं देतीं लेकिन उनका नन्हा-मुन्ना, पर से भी हल्का स्पर्श महसूस हो रहा है...गों-गों-गों...जैसे बच्चा माँ का दूध पीते-पीते सो रहा है...ठहरो, दूध का बुलबुला बन गया है...लो, वह फट भी गया..." और फिर वह चौंक पड़ता।

मुझे याद है, मैंने उससे कहा था कि वह अपने इस तजुर्बे, अपने इस विवरण को शे'रों में जैसे-का-तैसा बयान करे। उसने वायदा किया था, मालूम नहीं, उसने इधर ध्यान दिया या भूल गया।

कुरेद-कुरेदकर मैं किसी से कुछ पूछा नहीं करता। सरसरी बातचीत के दौरान मीराजी से विभिन्न विषयों पर विचार-विमर्श होता था, लेकिन उसकी व्यक्तिगत बातें वार्तालाप में नहीं आई थीं। एक बार पता नहीं किस सिलसिले में उसकी शारीरिक तुष्टि के विशेष तरीक़ों का ज़िक्र आ गया। उसने मुझे बताया, "इसके लिए अब मुझे बाहरी चीज़ों की मदद लेनी पड़ती है। उदाहरणार्थ ऐसी टाँगें, जिन पर से मैल उतारा जा रहा है...ख़ून में लिथड़ी हुई ख़ामोशियाँ...।"

यह सुनकर मैंने महसूस किया था कि मीराजी की ज़रूरत अब इस सीमा तक पहुँच गई है कि उसे बाहरी तरीक़े की मदद की ज़रूरत पड़ गई

है। अच्छा हुआ, जो वह जल्दी मर गया, क्योंकि उसकी ज़िन्दगी के ख़राबे में और अधिक ख़राब होने की गुंजाइश बाक़ी नहीं रही थी। वह अगर कुछ और देर से मरता तो निश्चित रूप से उसकी मृत्यु भी एक दर्दनाक मसला बन जाती।

इस्मत चुग़ताई

आज से लगभग डेढ़ वर्ष पहले जब मैं बम्बई में था, हैदराबाद से एक साहब का पोस्टकार्ड प्राप्त हुआ। उसका विषय कुछ इस प्रकार का था—'यह क्या बात है कि इस्मत चुग़ताई ने आपसे शादी न की? मंटो और इस्मत अगर ये दो प्राणी मिल जाते, तो कितना अच्छा होता, मगर अफ़सोस कि इस्मत ने शाहिद से शादी कर ली और मंटो...'

इन्हीं दिनों हैदराबाद में प्रगतिशील लेखकों की एक कॉन्फ्रेंस हुई। मैं इसमें शामिल नहीं था, लेकिन हैदराबाद की एक पत्रिका में इसकी रिपोर्ट देखी, जिसमें यह लिखा था कि वहाँ बहुत-सी लड़कियों ने इस्मत को घेरकर यह प्रश्न किया—"आपने मंटो से शादी क्यों न की?"

मुझे मालूम नहीं कि यह बात सही है या ग़लत, लेकिन जब इस्मत बम्बई वापस आई तो उसने मेरी बीवी से कहा कि हैदराबाद में जब एक लड़की ने उससे प्रश्न किया—"क्या मंटो कुँवारे हैं?" तो उसने तनिक व्यंग्य से उत्तर दिया—"जी नहीं।" इस पर वह महिला इस्मत के बयान के अनुकूल कुछ खिसियानी-सी होकर ख़ामोश हो गई।

घटना कुछ भी हो, लेकिन यह बात असामान्य तौर पर दिलचस्प है कि सारे हिन्दुस्तान में एक सिर्फ़ हैदराबाद ही ऐसी जगह है, जहाँ मर्द और औरतें मेरी और इस्मत की शादी के सम्बन्ध में चिन्तित रहे हैं।

उस समय तो मैंने ग़ौर नहीं किया था, लेकिन अब सोचता हूँ, अगर मैं और इस्मत वाकई मियाँ-बीवी बन जाते तो क्या होता? यह 'अगर' भी कुछ इस क़िस्म की अगर है। अगर कहा जाए कि अगर क्लियोपेट्रा की नाक एक इंच का आठवाँ हिस्सा बड़ी होती तो उसका प्रभाव नीलघाटी के इतिहास पर क्या पड़ता? लेकिन यहाँ न तो इस्मत क्लियोपेट्रा है और न मंटो एन्थोनी। लेकिन इतना ज़रूर है कि अगर मंटो और इस्मत की शादी हो जाती तो इस हादसे का प्रभाव आधुनिक युग के कथा-साहित्य पर और ही हैसियत रखता। अफ़साने बन जाते। कहानियाँ मुड़-तुड़कर पहेलियाँ हो जातीं। ललित लेखों की छातियों में सारा दूध सूखकर या तो एक विशेष चूर्ण की सूरत धारण कर लेता या भस्म होकर राख बन जाता और यह भी सम्भव है कि निकाहनामे पर उनके दस्तख़त उनकी कलम की आख़िरी तहरीक (लेखन) होते। लेकिन सीने पर हाथ रखकर यह भी कौन कह सकता है कि निकाहनामा होता। अधिक सम्भावना तो यही मालूम होती है कि निकाहनामे पर दोनों अफ़साने लिखते और काजी साहब के माथे पर दस्तख़त कर देते ताकि सनद रहे। लेकिन...

एक महीना पहले जब मैं ऑल इंडिया रेडियो, दिल्ली, में मुलाजिम था, यह बे-लतीफ़ में इस्मत की कहानी 'लिहाफ' प्रकाशित हुई थी। इसे पढ़कर मुझे यह याद है, मैंने कृश्न चन्दर से कहा था—"कहानी बहुत अच्छी है, लेकिन आख़िरी वाक्य बहुत ही भोंडा है। अहमद नदीम कासिमी की जगह अगर मैं एडीटर होता, तो इसे निश्चित ही काट देता।" अतः जब कहानियों पर बातें शुरू हुईं तो मैंने इस्मत से कहा—"आपकी कहानी 'लिहाफ' मुझे पसन्द आई। बयान में शब्दों को बहुत किफ़ायत से इस्तेमाल करना आपकी प्रकट विशेषता रही है, लेकिन मुझे आश्चर्य है कि इस कहानी के आख़िर में आपने बेकार यह वाक्य लिख दिया कि एक इंच उठे हुए लिहाफ में मैंने क्या देखा—कोई मुझे लाख रुपया भी दे तो मैं कभी नहीं बताऊँगी।"

इस्मत ने कहा—"क्या दोष है इस वाक्य में?"

मैं जवाब में कुछ कहने ही वाला था कि मुझे इस्मत के चेहरे पर वही सिमटी हुई लज्जा दिखाई दी जो सामान्य घरेलू लड़कियों के चेहरे पर किसी अकथनी चीज़ का नाम सुनकर प्रकट हुआ करती है। मुझे और निराशा हुई।

इसलिए कि मैं 'लिहाफ' की तमाम तफ़सीलात के बारे में उससे बातें करना चाहता था। जब इस्मत चली गई तो मैंने दिल में कहा—"यह तो कमबख़्त बिलकुल औरत निकली।"

मुझे याद है कि इस मुलाक़ात के दूसरे ही दिन मैंने अपनी बीवी को देहली में ख़त लिखा था—"इस्मत से मिला। तुम्हें यह सुनकर हैरत होगी कि वह बिलकुल ऐसी ही औरत है, जैसी तुम हो। मेरा मुँह तो बिलकुल किरकिरा हो गया, लेकिन तुम उसे यक़ीनन पसन्द करोगी। मैंने जब उससे एक इंच उठे हुए लिहाफ का ज़िक्र किया तो नालायक इसकी कल्पना करते ही झेंप गई।"

...मैंने सोचा, औरत चाहे लड़ाई के मैदानों में मर्दों के साथ कन्धे-से-कन्धा मिलाकर लड़े, पहाड़ काटे, कहानी-कविता करते-करते इस्मत चुग़ताई बन जाए, लेकिन उसके हाथों में कभी-कभी मेहँदी रचनी ही चाहिए। उसकी बाँहों में चूड़ी की खनक आनी ही चाहिए। मुझे अफ़सोस है, जो मैंने उस समय अपने दिल में कहा—"यह तो कम्बख़्त बिलकुल औरत निकली।"

इस्मत की सब इन्द्रियाँ समय पड़ने पर अपनी-अपनी जगह काम करती हैं और ठीक तौर से करती हैं। अजीज अहमद साहब का कहना है कि सेक्स एक रोग की तरह इस्मत के स्नायु में छाया हुआ है। सम्भव है इनके निदान के अनुकूल सही हो। मगर वह इस रोग के लिए नुस्खे तजवीज़ न फ़रमाएँ। ये तो लिखना भी एक रोग है। पूर्ण रूप से स्वस्थ आदमी, जिसका तापमान हमेशा साढ़े अठानवे ही रहे, सारी आयु अपनी ज़िन्दगी की ठंडी स्लेट हाथ में लिये बैठा रहेगा।

मेरी शादी

मैंने कभी लिखा था कि मेरी ज़िन्दगी में तीन बड़े हादसे हैं। पहला मेरी पैदाइश का, जिसकी तफ़सीलात का मुझे कोई इल्म नहीं। दूसरा मेरी शादी का। तीसरा मेरे अफ़साना-निगार बन जाने का। आख़िरी हादसे पर मैं चूँकि चला आ रहा हूँ, इसलिए इसके बारे में कुछ कहना समय के पूर्व होगा।

वे लोग जो मेरी ज़िन्दगी के अन्दर झाँककर देखना चाहते हैं, उनकी ख़ातिर मैं अपनी शादी की दास्तान बयान करता हूँ। यह ज्यों-की-त्यों नहीं होगी, क्योंकि कुछ घटनाएँ मुझे अपने दिल में गोल करनी पड़ेंगी।

मैं पहले इस हादसे की पृष्ठभूमि पेश करता हूँ ताकि तफ़सीलात उभर आएँ। सन मुझे याद नहीं। शायद 12-13 वर्ष पूर्व जब अलीगढ़ यूनिवर्सिटी से मुझे इसलिए बाहर निकाल दिया गया था कि मुझे तपेदिक का रोग है, मैं अपनी बहन से कुछ रुपये लेकर अपनी सेहत ठीक करने की ख़ातिर बटोत (जम्मू और कश्मीर के बीच एक गाँव) चला गया। यहाँ तीन महीने ठहरने के बाद मैं वापिस अपने शहर अमृतसर में आया तो मुझे मालूम हुआ कि मेरी बहन के लड़के की मृत्यु हो गई है।

वह बम्बई ब्याही हुई थी। कुछ दिन अमृतसर रहकर वापस बम्बई चली गई थी।

यहाँ पर मैं बताना ज़रूरी समझता हूँ कि मैं पिता की छाया से वंचित था। बहन की शादी पर जो जमा-पूँजी थी, वह मेरी सरल और नेकदिल माँ ने मेरे बहनोई के हवाले कर दी थी।

अब यह हालत थी कि हम दूसरों के मोहताज थे। मेरे दो बड़े भाई हमें चालीस रुपये माहवार दिया करते थे।

अमृतसर आते ही मेरा दिल-व-दिमाग़ बहुत परेशान हो गया। जी चाहता था कि कहीं भाग जाऊँ या आत्महत्या कर लूँ। मज़बूत इरादे का मालिक होता तो निश्चय ही मैंने स्वयं को हलाक कर लिया होता। इसलिए जब बम्बई से साप्ताहिक 'मुसव्विर' के मालिक मिस्टर नज़ीर ने मुझे ख़त लिखा कि मैं बम्बई आकर उनके पर्चे का सम्पादन सँभाल लूँ तो मैंने फ़ौरन बोरिया-बिस्तर बाँधा और बम्बई चल दिया। मैंने यह भी न सोचा कि माँ अमृतसर में अकेली रह गई है।

मिस्टर नज़ीर ने मुझे चालीस रुपये माहवार पर नौकर रख लिया। जब मैं उनके दफ़्तर में सोने लगा तो उन्होंने किराये के तौर पर दो रुपये तनख़्वाह में से काटने शुरू कर दिये। इसके बाद जब उन्होंने मुझे इम्पीरियल फ़िल्म कम्पनी में मुंशी की हैसियत से अर्थात् संवाद लेखक, चालीस रुपये माहवार पर नौकर करवा दिया तो मेरी तनख़्वाह आधी यानी बीस रुपये कर दी जिसमें से दो रुपये दफ़्तर को रिहायश के लिए इस्तेमाल करने के सिलसिले में काटे जाते रहे।

यह वह ज़माना था जब अत्यन्त उन्नति के बाद इम्पीरियल फ़िल्म कम्पनी पतनोन्मुख थी। इसके मालिक सेठ आर्देशर ईरानी जो एक साहसी आदमी थे, सिर तोड़ कोशिशों में लगे थे कि उनकी कम्पनी की हालत सँभल जाए।

स्पष्ट है कि ऐसी डगमग हालत में कर्मचारियों को तनख़्वाह वक़्त पर नहीं मिलती थी। सेठ आर्देशर ने एक और जुल्म किया कि हिन्दुस्तान की पहली रंगीन फ़िल्म बनाने का श्रेय प्राप्त करने के लिए बाहर से 'सिने कलर प्रोसेस' की मशीन मँगवा ली। वह इसके पूर्व हिन्दुस्तान का सबसे पहला 'टाकी', 'आलमआरा' प्रस्तुत करने का श्रेय प्राप्त कर चुके थे।

कम्पनी पर जब बोझ पड़ा तो उसकी आर्थिक स्थिति और भी कमज़ोर हो गई, मगर ज्यों-त्यों काम चलता रहा। कुछ एडवांस के तौर पर मिल जाया करता था, शेष हिसाब में जमा रहता था।

संयोग ऐसा हुआ कि इस रंगीन फ़िल्म का डायरेक्शन मिस्टर मोती वी. गडवानी के सुपुर्द हुआ जो प्रशिक्षित थे और मुझे पसन्द करते थे। उन्होंने मुझसे कहानी लिखने के लिए कहा, जो मैंने लिख दी और उन्होंने पसन्द की, मगर एक पेच आन पड़ा कि वह सेठ को कैसे कहें कि पहली रंगीन फ़िल्म की कहानी का लेखक एक मामूली मुंशी है। बहुत सोच-विचार के बाद यह तय हुआ कि अच्छे दाम वसूल करने की ख़ातिर कहानी पर किसी मशहूर व्यक्ति का नाम दिया जाए।

ऐसा कोई व्यक्ति मेरे मित्रों के दायरे में नहीं था, लेकिन जब मैंने चारों तरफ़ नज़र दौड़ाई तो मुझे बहुत दूर शान्तिनिकेतन में प्रोफ़ेसर जियाउद्दीन (स्वर्गीय) दिखाई दिये, जो टैगोर यूनिवर्सिटी में छात्रों को फारसी पढ़ाते थे।

मैंने उनको ख़त लिखा। चूँकि वह मुझसे प्यार करते थे, इसलिए वह हमारे इस फ्रॉड में शामिल हो गए।

कहानी चुनांचे उन्हीं के नाम से पेश हुई और बहुत बुरी तरह नाकाम रही। कम्पनी की हालत और भी ख़राब हो गई। इस दौरान मिस्टर नज़ीर की सिफ़ारिश से मुझे सौ रुपये माहवार पर फ़िल्म सिटी में नौकरी मिल गई। कारदार साहब कलकत्ता से बम्बई आए तो फ़िल्म सिटी ने एक फ़िल्म के लिए उनसे अनुबन्ध कर लिया। कहानियाँ माँगी गईं। उनमें एक मेरी भी थी जो मियाँ कारदार ने पसन्द की और उस पर काम भी शुरू कर दिया। मगर कुदरत को कुछ और ही मंज़ूर था।

सेठ आर्देशर को पता चल गया कि मैं फ़िल्म सिटी में हूँ। यद्यपि इनकी वह पहली-सी साख नहीं थी लेकिन अपने तमाम समवयस्क प्रोड्यूसरों पर उनका रोब और दबदबा वैसे का वैसा क़ायम था। फ़िल्म सिटी के मालिकों को डाँट पिलाई और मुझे कान से पकड़कर वापस इम्पीरियल फ़िल्म कम्पनी में भेज दिया गया और साथ ही मेरी कहानी भी।

अब मेरी तनख़्वाह 40 की बजाय 80 कर दी गई और वायदा किया गया कि मुझे मेरी कहानी पर मुआवजा अलग से मिलेगा। उस कहानी की डायरेक्शन हाफ़िज जी (रत्नबाई वाले) के सुपुर्द की गई।

जब मैं फ़िल्म सिटी में नौकर हुआ था तो मैंने 'मुसव्विर' के दफ़्तर में रहना छोड़कर पास ही एक निहायत गलीज चाली में एक खोली नौ रुपये

माहवार पर ले ली थी। उसमें इस क़दर खटमल थे कि छत पर से बारिश के क़तरों की तरह गिरते।

इस दौरान मेरी माँ बम्बई आ गई थीं और अपनी लड़की के पास ठहरी थीं। जब वह पहली बार मुझसे मिलने के लिए उस गलीज खोली में आईं तो उनकी आँखों में आँसू आ गए।

मेरे और मेरे बहनोई के सम्बन्ध तनावपूर्ण थे। अब उसे ख़ुदा बख्शे मगर उसका चरित्र बहुत ही ख़राब था। मैं चूँकि नुक्ताचीनी करता था, इसलिए उसने अपने घर में मेरा दाख़िला बन्द कर दिया था और मेरी बहन पर यह पाबन्दी लगा दी थी कि वह मुझसे नहीं मिल सकती।

मैं अपनी माँ के आँसुओं का ज़िक्र कर रहा था जो इसलिए उनकी आँखों से निकले थे कि उनका बेटा, जो लाड़-प्यार में पला था, अब ज़माने की गर्दिश से ऐसी गन्दी जगह में रहता है। उसके पास कपड़े नहीं। रात मिट्टी के तेल का लैम्प जलाकर काम करता है।

वह जब रोती रही तो मैं बहुत तेज़ प्रकार की मानसिक और आध्यात्मिक यातना से ग्रस्त रहा। जो दिन बीत गए हैं उनकी याद मेरे नज़दीक हमेशा व्यर्थ रही है और फिर रोने-धोने का क्या मतलब है। मुझे हमेशा आज से मतलब रहा है। गुज़रे हुए कल या आनेवाले कल के बारे में कभी नहीं सोचता। जो होना था, हो गया; जो होनेवाला है, हो जाएगा।

रोने से निपटकर मेरी माँ ने बड़ी गम्भीरता से पूछा, "सआदत, तुम ज़्यादा क्यों नहीं कमाते?"

मैंने जवाब दिया, "बीबीजान, ज़्यादा कमाकर क्या करूँगा? जो कुछ कमा रहा हूँ, मेरे लिए काफ़ी है।"

उन्होंने मुझे ताना दिया, "नहीं, बात असल में यह है कि तुम ज़्यादा कमा नहीं सकते—ज़्यादा पढ़े-लिखे होते तो अलग बात थी।"

बात ठीक थी, लेकिन मेरा पढ़ने में जी नहीं लगता था। तीन बार इन्ट्रेंस में फेल होने के कारण जब कॉलेज में दाख़िल हुआ तो मेरी आवारगी और भी ज़्यादा बढ़ गई, और एफ़. ए. के इम्तहान में दो बार नाकाम रहा। अलीगढ़ गया तो वहाँ इस आधार पर निकाला गया कि मुझे तपेदिक है।

इन कटु अनुभवों को महसूस करने के बावजूद मैंने बात को हँसी-मज़ाक़ में टालने की कोशिश की, "बीबीजान, मैं जो कुछ कमाता हूँ मेरे अपने लिए काफ़ी है—घर में बीवी होती तो आप देखतीं मैं कैसे कमाता हूँ। कमाना कोई मुश्किल काम नहीं। आदमी ऊँची शिक्षा के बिना भी ढेरों रुपया प्राप्त कर सकता है।"

यह सुनकर माँ ने अचानक मुझसे यह सवाल किया, "शादी करोगे?"

मैंने ऐसे ही कह दिया, "हाँ—क्यों नहीं।"

"तो इस इतवार को तुम माहिम आओ। फुटपाथ पर खड़े रहना, मैं तुम्हें देखकर नीचे आ जाऊँगी।" माँ ने यह कहकर मेरे सिर पर हाथ फेरा, "तुम्हारी शादी का बन्दोबस्त हो जाएगा—इंशा अल्लाह—लेकिन देखो, अपने बाल कटवाकर आना।"

मैंने बाल न कटवाए। रात को मैंने अपने कन्वेस शू पर पॉलिश कर दी थी। डबल रेट पर धुलवाई हुई सफ़ेद पतलून पहनकर मैं इतवार को सुबह माहिम में 'इनिंग लिटो मेन्शन्स' के पास फुटपाथ पर खड़ा था। माँ तीसरी मंज़िल के फ़्लैट से बालकनी पर इन्तज़ार कर रही थीं। उन्होंने मुझे देखा तो नीचे आईं और मुझे साथ चलने को कहा।

बीस-पचीस गज के फ़ासले पर एक बिल्डिंग थी—जाफर हाउस—माँ ने उसकी दूसरी मंज़िल के एक फ़्लैट का दरवाज़ा खटखटाया, जो नौकरानी ने खोला, हम अन्दर दाख़िल हुए।

माँ जनाने में चली गईं। मेरा स्वागत एक गोरे-चिट्टे अधेड़ उम्र के आदमी ने किया। मर्दाने में बड़ी मुहब्बत और बड़े खुलूस। तपाक से बैठाया और फ़ौरन बेतकल्लुफ़ हो गए। आपने मुझसे और मैंने उनसे एक-दूसरे की रुचियों और काम-काज के बारे में पूछताछ की।

वह सरकारी नौकर थे। पुलिस के महकमे में 'फिंगर प्रिंट स्पेशलिस्ट'। तनख़्वाह वाजबी थी। कई बच्चों के बाप थे। रेस और फ्लश के रसिया। क्रॉस वर्ड्स पजल्स बड़ी नियमितता से हल किया करते थे, मगर कोई इनाम हासिल नहीं कर सकते थे।

मैंने उनको अपने सारे हालात बता दिये। यह भी कह दिया कि ऐसी फ़िल्म

कम्पनी में मुलाजिम हैं जहाँ तनख़्वाह नहीं मिलती। सिर्फ़ साँस का आवागमन जारी रखने के लिए कभी-कभी एडवांस के तौर पर कुछ मिल जाता है।

मुझे ताज्जुब है कि मैंने जब उनको बताया कि ऐसी पतली हालत में भी हर शाम को बीयर की एक बोतल ज़रूर पीता हूँ तो उन्होंने बुरा न माना।

मेरी हर बात को उन्होंने बड़े ग़ौर से सुना। जब मैं जाने के लिए उठा तो मलिक हसन साहब मेरी किताबे-ज़िन्दगी के तमाम ज़रूरी पृष्ठों का अध्ययन कर चुके थे।

जब हम वहाँ से निकले तो माँ ने मुझे बताया कि ये लोग अफ्रीका से आए हैं। तुम्हारे भाइयों को अच्छी तरह से जानते हैं और (उन्होंने दस-बारह वर्ष पूर्वी अफ्रीका में बैरिस्टरी की थी) उनके यहाँ एक लड़की है, जिसका विवाह करना चाहते हैं। कई रिश्ते आ चुके हैं, मगर इनको पसन्द नहीं आए। असल में कोई काश्मीरी घराना चाहते हैं—मैंने उनसे तुम्हारी बात की है—और कोई बात पोशीदा नहीं रखी।

रही-सही जो कसर रह गई थी, वह माँ ने पूरी कर दी थी। लेकिन मैं सोचने लगा कि यह सिलसिला क्या है—अगर वे लोग मान गए (हालाँकि मुझे इसका यक़ीन नहीं था इसलिए कि मुझमें ऐसी कोई बात नहीं थी कि वे मुझे अपनी लड़की देते)तो क्या सचमुच मुझे शादी करनी पड़ेगी और—और फिर ढेरों रुपये भी कमाने पड़ेंगे?

मलिक साहब ने मुझे दूसरे इतवार को खाने पर बुलाया था। मैं वायदे के अनुसार वहाँ पहुँचा तो उन्होंने मेरी बड़ी आवभगत की।

खाना आया, मुर्ग था, कोफ़्ते थे, साग का सालन भी था और धनिए, पुदीने और अनारदाने की चटनी—हर चीज़ स्वादिष्ट थी, लेकिन गर्म मसाला और मिर्चें इस क़दर कि ख़ुदा बचाए। मेरे पसीने छूट गए, लेकिन धीरे-धीरे मैं हावी हो गया।

दो-तीन इतवार के बाद जब उन लोगों में घुल-मिल गया तो मेरी माँ ने मुझे बताया कि उन्होंने मेरा रिश्ता क़बूल कर लिया है। जब मैंने यह सुना तो चकरा गया। मैं तो शादी के इस क़िस्से को सिर्फ़ एक मज़ाक़ समझ रहा था। इसके अलावा मुझे बिलकुल यक़ीन नहीं था कि मुझे कोई होशमन्द अपनी

लड़की देगा। मेरे पास था ही क्या! इन्ट्रेंस पास, वह भी थर्ड डिवीजन में। नौकरी ऐसी जगह जहाँ तनख़्वाह की बजाय एडवांस मिलता था—और पेशा फ़िल्म और पत्रकारिता। ऐसे लोगों को शरीफ आदमी कब मुँह लगाते थे।

एक गन्दी खोली हासिल करने के लिए मुझे कितने जतन करने पड़े थे। मकान-मालिक को मालूम हो गया था कि फ़िल्म कम्पनी में काम करता है। बड़ी सिफ़ारिश के बाद वह अन्ततः राजी हुआ था।

मैं सख़्त परेशान हुआ। मैं यह ख़बर सुनने के लिए बिलकुल तैयार नहीं था। मेरा मानसिक सन्तुलन उस वक़्त और भी ज़्यादा बिगड़ गया, जब माँ ने कहा कि उन्होंने बात पक्की कर दी है। मैंने उनसे कुछ न कहा और दिन-रात उठते-बैठते इस सोच में गर्क रहने लगा कि यह मुसीबत जो मैंने ख़ुद मोल ली है इससे छुटकारा कैसे होगा।

बहुत सोच-विचार के बाद मैं इस नतीजे पर पहुँचा कि अब सोच-विचार बिलकुल व्यर्थ है। यह सोचकर जो हो सो हो मुझे अपनी किश्ती इस मझधार में डाल देनी चाहिए।

मैंने यह फ़ैसला तो कर लिया, मगर निकाह की रस्म के लिए रुपया कहाँ से आए? यह सवाल बहुत ही परेशान करनेवाला था। कम्पनी से अब एडवांस मिलना भी बन्द हो गया था। इधर माँ ने तारीख़ निश्चित कर दी थी।

मैंने कई बार सोचा कि बम्बई से भाग जाऊँ, लेकिन किसी अलौकिक शक्ति ने मेरे पाँव जकड़कर रखे थे। एक ही सूरत थी कि मैं सेठ आर्देशर से मिलूँ और उनसे अपने विवाह के ख़र्चों के लिए कुछ रुपये माँगूँ।

कम्पनी की तरफ़ मेरे क़रीब-क़रीब डेढ़ हज़ार रुपये निकलते थे। अगर ये मिल जाते तो समझिए मेरी सब परेशानी दूर हो जाती—बल्कि ऐश हो जाते।

मैं आर्देशर साहब से मिला। उनको इतनी फ़ुर्सत नहीं थी कि मेरी दास्ताँ को ग़ौर से सुनते। टहलते-टहलते जो कुछ मैंने कहा विवशतापूर्वक सुना। अन्त में मुझसे कहा, "देखो, कम्पनी की जो हालत है वह तुम जानते हो—अगर हालत अच्छी होती तो हम तुम्हारी शादी कर देते।"

यह सही है कि जब कम्पनी की हालत अच्छी थी तो वह अपने नौकरों की उदारता से आर्थिक सहायता किया करते थे। बड़े उपकारी थे, मगर अब

उनका हाथ इस क़दर तंग था कि इन्हें इस एहसास से बड़ी उलझन होती थी कि वे किसी व्यक्ति की मदद नहीं कर सकते।

मेरी मायूसी का अन्दाज़ा आप लगा सकते हैं—मैं चलने लगा तो उन्होंने आवाज़ दी और पास बुलाकर कहा, "मैं सिर्फ़ इतना कर सकता हूँ कि तुम्हें ज़रूरी चीज़ें ले दूँ। दफ़्तर जाओ, हाफ़िज़ को बुला लाओ।"

मैं हाफ़िज़ जी को उनके पास लेकर गया, तो उन्होंने दुकानों का पता उनको बताया। एक चिट पर कुछ लिखकर दिया और कहा, "मुंशी, मंटो को अपने साथ ले जाओ—और जो कुछ इसे चाहिए ले दो।"

मैं हाफ़िज़ जी के साथ हो लिया। हम मोटर में एक बजाज की दुकान पर पहुँचे। वहाँ से दो साड़ियाँ लीं, सेठ आर्देशर के व्यक्तिगत एकाउंट में। दूसरी दुकान जौहरी की थी। वहाँ से एक आदमी मेरे साथ कर दिया गया, क्योंकि मैं चाहता था कि लड़की ख़ुद अपने लिए जेवर पसन्द करे।

मैं और जौहरी का आदमी दोनों जाफर हाउस में पहुँचे। लड़की की माँ को जिनको मैं खालाजान कहता था, जौहरी के आदमी ने कुछ जेवर दिखाए। उन्होंने सिर्फ़ एक हीरे की अँगूठी, मोती की बूटियाँ (कानों का जेवर), एक पेंडल, दो कलाई-चूड़ियाँ पसन्द कीं। मैंने खालाजान पर बहुत ज़ोर दिया कि वह चन्द और जेवरात भी रख लें, मगर वह मुझ पर अधिक बोझ डालना नहीं चाहती थीं। काश, मैंने उनसे कह दिया होता कि खालाजान, ऐसा मौक़ा मुझे फिर कभी नहीं मिलेगा। मुझे कम्पनी से डेढ़ हज़ार रुपया लेना है—जाते चोर की लँगोटी न छोड़िए। मगर अफ़सोस कि इस रक़म से मुझे सिर्फ़ चार-पाँच सौ रुपये वसूल हुए, क्योंकि कम्पनी मेरे निकाह होने के फ़ौरन बाद ख़त्म हो गई।

अब नज़ीर साहब ने मेरी माहवार तनख़्वाह फिर चालीस रुपये कर दी जिससे कुछ ढारस हुई कि शाम को बीयर की बोतल का सिलसिला जारी रहेगा।

निकाह मेरे लिए ज़ाहिर है बहुत ख़तरनाक साबित हुआ। कम्पनी से जो रुपया लेना था वह अलग गर्क हुआ और घुटना अलग ज़ख़्मी हुआ।

इसकी दास्ताँ भी सुन लीजिए—बम्बई में कोई दोस्त था न प्रियजन। बहन थी, वहाँ मेरा हुक्का-पानी बन्द था। मुझे सारे काम ख़ुद ही करने थे।

चन्द आदमियों को सूचना देनी थी कि मेरा निकाह हो रहा है। छुहारे और इलायचीदाने ख़रीदने थे। बाल कटवाने थे और बस पर सवार होकर मोर्चे पर जाना था।

शाहजहाँ महल होटल के मालिक सैयद फ़ज़ल शाह को रस्मे-निकाह में सम्मिलित होने की दावत देकर जब लौट रहा था तो पथरीले फ़र्श पर मेरा पाँव फिसला और इस ज़ोर से गिरा कि बेहोश हो गया।

मैं ज़िन्दगी में सिर्फ़ तीन बार बेहोश हुआ हूँ। सबसे पहले अपने निकाह पर, सैयद फ़ज़ल शाह 'मरहूम' को शामिल होने की दावत देने पर, दूसरी बार अपनी माँ की अचानक मौत पर, फिर अपने लड़के के निधन होने पर।

यह गिरकर बेहोश हो जाना अच्छा शगुन नहीं था। चोट इतनी अधिक तेज़ थी कि जब मुझे होश आया और मैं सीढ़ियाँ उतरने लगा तो मेरी चुटीली टाँग ने चलने से इनकार कर दिया। बड़ी मुश्किल से मार्केट तक पहुँचा। दर्द इतना था कि हर क़दम पर बिलबिला उठता। ख़ैर, छुहारे और इलायचीदाने लिये और माहिम पहुँचा। जाफर हाउस की सीढ़ियाँ जैसे-तैसे तय कीं और निकाह की महफ़िल में जा पहुँचा। पन्द्रह-बीस लोग मौजूद थे। मैं गावतकिये का सहारा लेकर बैठ गया। ज़ख़्मी टाँग दुहरी नहीं होती थी, इसलिए उसे अलग लेटे रहने दिया। गोया यह बड़ी बदतमीजी थी, मगर जब काज़ी मरघें (अजीब-व-ग़रीब नाम है) ने मुझे दो जानूँ बैठने के लिए कहा तो जी कड़ा करके और दर्द की सारी टीसें पीकर उनका हुक्म मानना ही पड़ा।

एजाब-व-क़बूल की रस्म ख़त्म हुई तो मेरी जान में जान आई। टाँग सीधी की, दर्द के कई घूँट पीये। मुबारकवादी वसूल की और लँगड़ाता-लँगड़ाता अपने घर पहुँचा। मिट्टी के तेल का लैम्प रोशन किया और खटमलोंवाली खाट पर लम्बा पसरकर सोचने लगा कि सचमुच मेरा निकाह हो गया है—मैं आपसे सच अर्ज करता हूँ कि जेब में छुहारे और इलायचीदाने होने और घुटने की चोट के बावजूद मुझे यक़ीन नहीं आता था कि मेरी ज़िन्दगी का इतना बड़ा हादसा हो चुका है।

मैं क़रीब-क़रीब शादीशुदा था। फ़र्क़ सिर्फ़ इतना था, मेरी बीवी मेरी नौ रुपये की खोली में मौजूद नहीं थी। क़ानून की रू से मैं जब भी चाहता उसे

अपने साथ चलने को कह सकता था, लेकिन इतनी हिम्मत कहाँ थी? उसे खिलाता कहाँ से? सामनेवाले ईरानी होटल से और वह भी उधार! रखता कहाँ? खोली में तो एक अतिरिक्त कुर्सी के लिए भी जगह नहीं थी।

ज़ाहिर है कि बीवियाँ नहाती भी हैं, मगर वहाँ तो कोई ग़ुसलख़ाना ही नहीं था। दो मंज़िला बिल्डिंग थी जिसमें चालीस खोलियाँ थीं। इन सबके निवासियों के परस्पर प्रयोग के लिए सिर्फ़ दो ग़ुसलख़ाने थे जिनके दरवाज़े पता नहीं कब के ग़ायब हो चुके थे। मुझे इस एहसास से बड़ी उलझन होती थी कि मेरा निकाह हो चुका है और एक लड़की के साथ मुझे आज नहीं तो कल शौहर की हैसियत से ज़िन्दगी गुज़ारनी होगी। इसके पूर्व मैंने कोई तजुर्बा नहीं किया था। मुझे बिलकुल मालूम नहीं था कि बीवी क्या होती है और शौहर क्या होता है?

मेरी ज़िन्दगी में दो-तीन लड़कियाँ ज़रूर आई थीं, मगर वे नौकरानियाँ थीं। उनसे मेरा टकराव ऐसे ही हुआ था जैसे सड़क पर दो राह चलते अन्धे एक-दूसरे से टकराकर इस मुठभेड़ से मुक्ति पाकर अपनी-अपनी राह लें। मैं बड़ी ईमानदारी से महसूस कर रहा था कि मैं सबकुछ बन सकता हूँ लेकिन शौहर नहीं बन सकता। यह पत्रकारिता और कहानी लिखनेवाला मामला नहीं था।

वक़्त गुज़रता गया—मैंने कोशिश की और सरोज मूवीटोन नामी फ़िल्म कम्पनी में एक सौ रुपये माहवार पर नौकर हो गया। यह कम्पनी तो शायद मेरे आगमन की प्रतीक्षा में थी। अभी दो माह भी न गुज़रे होंगे कि उसका दिवालिया फिर गया। अब तो मुझे यक़ीन हो गया कि मेरा निकाह मेरे लिए मनहूस साबित हुआ है।

लेकिन स्वर्गवासी सरोज मूवीटोन के चलते-पुर्जे मालिक सेठ नानूभाई देसाई ने कुछ ऐसी तिकड़म लड़ाई कि एक मालदार मारवाड़ी को फाँस लिया और सरोज मूवीटोन का नाम हटाकर 'हिन्दुस्तान सिने टोन' के नाम से नई फ़िल्म कम्पनी खड़ी कर दी।

इसके लिए मैंने अपनी दूसरी फ़िल्मी कहानी 'कीचड़' के शीर्षक से लिखी जो बाद में 'अपनी नगरिया' जैसे बेढंगे और बेतुके नाम से पेश हुई और क़ामयाब रही।

यह फ़िल्म अभी आधी भी तैयार नहीं हुई थी कि मारवाड़ी सेठ चाँदी के सट्टे में अपनी सारी दौलत गँवा बैठे। यहाँ तक कि अपनी शानदार मोटर भी, जिसका रंग बेदाग सफ़ेद था—मैंने इसका रिश्ता भी निकाह से जोड़ा। मुझे यक़ीन था कि चन्द दिनों में ही इस नई कम्पनी का दिवालिया ज़रूर पिटेगा। लेकिन नानूभाई देसाई ने किसी न किसी तरह इधर-उधर से क़र्ज़ लेकर फ़िल्म पूरी कर ही ली।

मेरा निकाह हुए क़रीब-क़रीब दस महीने हो चुके थे कि मुझे एक शर्मनाक हादसे से दो-चार होना पड़ा। मेरा एक बेवकूफ़ दोस्त आशिक था—अनपढ़, जाहिल, ख़ुशामदी—लेकिन नृत्य-कला में प्रवीण। मुझे ख़ुश करने के लिए एक शाम उसने मुझे बीयर पिलाई। थोड़ी-सी ख़ुद भी पी और चहकने लगा। चहकते हुए वह मुझे एक दोस्त की मोटर में बैठाकर एक लड़की के पास ले गया जो उसके कहने के मुताबिक़ उसकी शागिर्द थी।

जब उसने दरवाज़े पर दस्तक दी तो अन्दर से किसी नारी-स्वर ने पूछा, "कौन है?"

आशिक ने कहा, "आशिक।"

अन्दर से एक मोटी गाली बाहर निकली, "आशिक की...।"

आशिक को जो ग़ुस्सा आया तो वह दरवाज़े को तोड़कर अन्दर दाख़िल हो गया। मैं उसके पीछे गया। वह एक नौकर को बुरी तरह पीट रहा था।

मैं घटना संक्षिप्त करता हूँ। दूसरे रोज़ जब आशिक गिरफ़्तार हुआ तो उसने पुलिसवालों से कहा कि मेरे साथ एक और आदमी था।

चुनांचे मुझे भी गिरफ़्तार कर लिया गया। माहिम में मेरी ससुराल को इसका फ़ौरन पता चल गया। मैं बहुत परेशान हुआ कि अब किस मुँह से उन लोगों के पास जाऊँ। मेरी विवाहिता ने मेरे विषय में यक़ीनन बहुत बुरी राय क़ायम की होगी—वह ज़रूर रोती होगी कि किस बदमाश से मेरा पल्ला बाँध दिया गया है जिससे छुटकारा हासिल करना भी मुमकिन नहीं।

मैंने बहुत देर तक बड़ी ईमानदारी से ख़ुद को अपनी विवाहिता की पोजीशन में रखकर ग़ौर किया और इस नतीजे पर पहुँचा कि मैं खालाजान से साफ़-साफ़ कह दूँ कि अगर इस घटना के बाद, जो वाकई बहुत शर्मनाक है, आप मुझे

अपनी बेटी देना मुनासिब ख़याल न करें तो मैं तलाक़ देने के लिए तैयार हूँ। मगर जब मैंने उनसे अपने इन विचारों को प्रकट किया तो उन्होंने मुझसे कहा, "तुम पागल हो जो ऐसी बातें सोचते हो। हमें तुम्हारी बेगुनाही का यक़ीन है।"

मेरे सीने का बोझ हल्का तो हो गया मगर मेरे इस वहम में और बढ़ोतरी हो गई कि निकाह मेरे लिए अभिशाप बनकर आया है। कम्पनी की हालत बहुत पतली हो चुकी थी। अब तनख़्वाह के बदले एडवांस मिलना शुरू हो गया था। मेरी कहानी का पारिश्रमिक अलग से अदा होना था, मगर कोई सूरत नज़र नहीं आती थी कि यह मुझे मिलेगा।

इधर माँ ने मेरी ससुराल के अनुरोध पर विदाई की तारीख़ नियत कर दी। एक वर्ष के क़रीब हो गया था निकाह हुए। वे लोग इन्तज़ार करते-करते तंग आ गए थे। मुझे कोई जल्दी नहीं थी, बल्कि यूँ कहिए कि मेरी दिली ख़्वाहिश थी कि रुखसती की नौबत ही न आए। मैं बहुत भयभीत था कि मुझसे घरबार नहीं चलाया जा सकेगा और एक शरीफ़ लड़की की सारी उम्र बग़ैर किसी कसूर के क्लेश में कटेगी—मगर दिन नियत हो चुका, जो मेरे लिए रोज़-ए-क़यामत था।

साप्ताहिक 'मुसव्विर' की हालत बहुत अच्छी हो गई थी। अब उसका दफ़्तर बेहतर जगह पर बदल गया था। टेलीफ़ोन मौजूद था। मिस्टर नज़ीर के पास एक छोटी-सी कार थी जिसमें वह इधर-उधर घूमकर विज्ञापन प्राप्त करते थे।

हम दोनों का निवास अब इस दफ़्तर में था। मैं हर इतवार माहिम जाता। कभी-कभी दरवाज़े की दराजों में से अपनी बीवी की एक झलक देख लेता और रात का खाना खाकर जब वापस घर जाता, तो सोते वक़्त अपने आप पर लानत भेजता कि मैंने क्यों शादी का यह खेल खेला जबकि मुझे इसमें इस क़दर फिसड्डी निकलना था। मगर अब क्या हो सकता था! न खाये बने न छोड़े बने वाला मामला था।

विदाई की तारीख़ में जब केवल दस रोज़ बाक़ी रह गए तो मैं चौंका। एकदम उठा और दफ़्तर के पास ही यानी उसी बिल्डिंग में एक फ़्लैट 35 रुपये माहवार पर ले लिया। चालीस मुझे मिस्टर नज़ीर से मिलते थे। मैंने उनसे

कह दिया, हर माह किराया अदा कर दिया करें। अब गोया मुझे पाँच रुपये माहवार पर अपना, अपनी बीवी का पेट पालना था।

मैंने फ़्लैट को अच्छी तरह साफ़ किया। उसके चोबी फ़र्श और दरवाज़े जो बेहद गन्दे थे, सोडा-कास्टिक से साफ़ किए और ताला लगाकर सीने में एक धुँधली आशा लिये नानूभाई देसाई की सेवा में हाज़िर हुआ। अपनी कहानी के मुआवज़े और अपनी तनख़्वाहों के बकाया का तक़ाज़ा किया—सेठ साहब ने मुझे साफ़ जवाब दे दिया कि वह मुझे डेढ़िया भी नहीं दे सकते।

मैंने जब यह टका-सा जवाब सुना तो मैं भन्ना गया। ग़ुस्से में आकर मैंने सेठ को गालियाँ तक दीं। नतीजा यह हुआ कि मुझे बाहर निकाल दिया गया—मैंने फ़ौरन बाबूराव पटेल (एडीटर फ़िल्म इंडिया) को टेलीफ़ोन किया। सारा हाल सुनाकर मैंने उनसे कहा कि अगर नानूभाई ने मेरा हिसाब न चुकाया तो मैं भूख-हड़ताल कर दूँगा। मेरा यह फ़ैसला अटल था।

बाबूराव जो मेरी हठ से वाक़िफ़ था, बहुत परेशान हुआ। उसने नानूभाई को टेलीफ़ोन किया और उससे कहा कि अगर मंटो ने भूख-हड़ताल शुरू की तो सारा प्रेस उसका साथ देगा। इसलिए उसे चाहिए कि फ़ौरन उसके साथ समझौता कर ले।

टेलीफ़ोन पर तो कोई फ़ैसला नहीं हुआ, लेकिन जब बाबूराव नानूभाई से उसके दफ़्तर में मिला तो मुझे बुलाया गया। नानूभाई ने मुझसे माफ़ी माँगी। मैंने उससे। आख़िर फ़ैसला यह हुआ कि मैं आधी रक़म पर राजी हो जाऊँ इसलिए कि कम्पनी की हालत नाजुक है।

मुझे नौ सौ रुपये का एक पोस्ट डेटेड चैक दे दिया गया। चन्द रोज़ गुज़रने के बाद जब मैंने नानूभाई देसाई को टेलीफ़ोन किया कि तारीख़ आ गई है और मैं चैक कैश कराने जा रहा हूँ तो उसने कहा, पहले मुझसे मिल लो।

मैं उससे मिला तो उसने मुझसे बड़े दुख-भरे लहज़े में कहा कि बैंक में रुपया नहीं है। क्या ऐसा नहीं हो सकता कि मैं पाँच सौ रुपये नकद पर राजी हो जाऊँ? मैं फ़ौरन राजी हो गया। हालाँकि मेरी हक़-हलाल की कमाई के अठारह सौ रुपयों में से पहले नौ सौ हुए और अब पाँच सौ। लेकिन मैं मजबूर था। विदाई में अब सिर्फ़ चार दिन बाक़ी थे।

मैंने कम्पनी की मोटर ली, मगर उसमें सिर्फ़ पेट्रोल पम्प तक जाने के लिए ही पेट्रोल था। मैंने अपनी गिरह से पेट्रोल डलवाया और ड्राइवर से कहा, सीधे मार्केट चलो। पाँच सौ रुपये जेब में थे। मैंने उनसे अपनी दुल्हन के लिए साड़ियाँ वग़ैरा खरीदीं। जब घर पहुँचा तो जेब क़रीब-क़रीब ख़ाली थी और घर तो बिलकुल ख़ाली था। टूटी हुई कुर्सी तक न थी।

मेरे वहाँ एक बुज़ुर्ग दोस्त थे—हकीम मुहम्मद अबु-तालिब अलश्क अजीम आबादी। बड़े नाज़ुक आदमी थे। मैंने जब उनसे ज़िक्र किया कि दुल्हन ला रहा हूँ मगर घर ख़ाली है तो वह मुझे फ़र्नीचर की एक दुकान पर ले गए। उसका मालिक उनको अच्छी तरह जानता था। चुनांचे मुझे आसान किस्तों पर कुछ सामान मिल गया। मिसाल के तौर पर लोहे के स्प्रिंगोंवाली दो चारपाइयाँ, बर्तन वग़ैरा रखने की एक अलमारी, एक सिंगार मेज़ (यह सेकंड हैंड थी), एक लिखनेवाला मेज़, अपने लिए एक कुर्सी—वग़ैरा-वग़ैरा।

जब मैंने यह सामान फ़्लैट में सजाने की कोशिश की तो मुझे बड़ी मायूसी हुई। दो जहाज़ी साइज के कमरे थे। उनमें यह फ़र्नीचर दिखाई ही नहीं देता था। चुनांचे मैंने दो मोढ़े खरीदे और वे भी एक कोने में जमा किए, जो दूसरे फ़र्नीचर की तरह गुम हो गए।

इधर-उधर से मुझे जो चीज़ मिली, मैंने कहीं-न-कहीं लगा दी। हर चीज़ लगाने के बाद मैं कमरे पर नज़र डालता और ख़ुद को यह फ़रेब देने की कोशिश करता कि अब फ़्लैट भरा-भरा नज़र आता है।

क़यामत का दिन आख़िर आ पहुँचा। सुबह मुसव्विर के दफ़्तर में बैठा था—माँ मेरे पास आ गई थीं। उनसे मैं यह कहकर आया था कि बारात का बन्दोबस्त करने जा रहा हूँ।

मिस्टर नज़ीर ने विभिन्न लोगों के नाम रुक्के भेज दिये थे जिनमें से प्राय: फ़िल्म लाइन से सम्बन्धित थे। मेरी बारात गोया एक फ़िल्मी बारात थी। मियाँ कारदार, नूर मुहम्मद चार्ली, और मिर्जा मुशर्रफ, बाबूराव पटेल और पहली रंगीन फ़िल्म की हीरोइन पद्मादेवी—ये सब शामिल हो रहे थे।

बाबूराव पटेल को ज़ब मालूम हुआ था कि मंटो के घर में सिर्फ़ उसकी

माँ है जिसे अकेले मेहमानों की ख़ातिर-तवाजा करनी पड़ेगी तो उसने पद्मादेवी को हमारे घर भेज दिया था कि वह मेरी माँ का हाथ बँटाए।

मैंने किराये पर कुर्सियाँ मँगवा ली थीं और पासवाले ईरानी रेस्तराँ से विम्टो की बोतलें। इस पर जो ख़र्च उठा वह मैं इत्मीनान से अदा कर सकता था। इसलिए मुझे इस तरफ़ से कोई परेशानी होनेवाली नहीं थी। लेकिन मैं इस तकलीफ़ व सोच में गर्क था कि घर-बार चलेगा कैसे?

मैं दफ़्तर में आकर बैठा ही था कि माहिम से मेरी बहन का टेलीफ़ोन आया। उसने मुझसे कहा, कहो क्या हाल है—मैंने जवाब में आगा हश्र का मशहूर फ़िकरा दुहराया—" 'शेर लोहे के जाल में है, अजब मखमसे में गिरफ़्तार हूँ।' बारात की तैयारियाँ कर रहा हूँ, लेकिन जेब में सिर्फ़ चार आने हैं। चार आने में सिगरेट की डिबिया आएगी, दो पैसे की माचिस—चलो क़िस्सा पाक..."

वह बेचारी मेरी मदद करने के लिए मजबूर थी। उसके शौहर ने तो उसको इतनी इजाज़त भी नहीं दी थी कि वह विदाई की रस्म में शरीक होती और अपने भाई को दूल्हा बना हुआ देखती। फिर भी उसने मुझसे कहा—"सआदत, मैं तुम्हारी वारी जाऊँ। ज़रा की ज़रा मोटर मेरे घर के सामने रोकना—मैं तुम्हें देखना चाहती हूँ।"

मैंने और ज़्यादा गुफ़्तगू न की क्योंकि वह बहुत भावुक हो रही थी। टेलीफ़ोन का सिलसिला बन्द करने के बाद मैं उठा और पड़ोस के सैलून में बाल कटवाए—हमाम में ग़ुसल किया—यह सब उधार।

शाम तक मैंने सिगरेट की डिबिया फूँक डाली। अब मेरी जेब में एक माचिस थी,. वह भी आधी।

कपड़े तब्दील करके मैंने वह सूट पहना जो मुझे ससुराल से मिला था, टाई बाँधी, आईने में जब मैंने अपनी शक्ल देखी तो एक कार्टून-सा नज़र आया। मैं ख़ूब हँसा।

बत्तियाँ जलने से पहले-पहले सारे बाराती जमा हो गए। पद्मादेवी और मेरी माँ ने सबकी ख़ातिर-तवाजा की। इसके बाद यह क़ाफ़िला, जो दस-पन्द्रह मोटरों पर शामिल था, माहिम की तरफ़ रवाना हुआ।

मैं नानूभाई देसाई की मोटर में था, बग़ैर सेहरे के। सिर से नंगा, बालों की

लम्बाई मुनासिब थी। जब हम जाफर हाउस के क़रीब पहुँचे तो मैंने ड्राइवर से कहा, थोड़ी दूर आगे ले जाए, बाहर फुटपाथ पर मेरी बहन खड़ी थी। उसकी आँखों में आँसू तैर रहे थे। जब उसने मेरे सिर पर मुहब्बत का हाथ फेरा, दुआएँ और मुबारकबाद दी तो मैं जल्दी से वापस मोटर में बैठ गया और ड्राइवर से कहा कि बैक करे।

खालाजान ने ऊपर खुले टैरेस पर दावत का इन्तज़ाम किया था जो बहुत अच्छा था। रफ़ीक ग़ज़नवी, डायरेक्टर नन्दा और आगा खलश काश्मीरी के दरम्यान बड़ी पुरलुत्फ नोक-झोंक होती रही। सबने डटकर खाया क्योंकि खाना बहुत उम्दा और लज़ीज़ था। काश्मीरियों की रिवायत के ऐन मुताबिक़।

खाना खाने के बाद ख़ुशगप्पियाँ शुरू हुईं। आगा खलश साहब ने एक पुरमजा नज़्म पढ़ी जो उन्होंने तत्काल कही थी। यह सिलसिला ख़त्म हुआ तो मुझे नीचे बुलाया गया और दुल्हन को मेरे सुपुर्द कर दिया गया।

यह सब मुझे एक ख्वाब-सा मालूम होता है। दिमाग़ में न जाने कितने विचार ऊपर-तले आ रहे थे। दुल्हन मेरे साथ थी। मैंने उसका हाथ पकड़ा और लरजती आवाज़ में कहा, “चलो भई।”

हम नीचे उतरे। बिल्ली मोरिया ने अपनी कार पेश की, माँ मेरे साथ थीं। पहले उन्होंने दुल्हन को बिठाया, इसके बाद आप बैठीं। फिर मुझे अन्दर आने को कहा—वह मेरे और दुल्हन के दरम्यान थीं। घुटनों पर मखमली जुजदान में लिपटा हुआ कुरान था। मेरी और दुल्हन की गर्दन हारों से लदी-फदी थी। मोटर स्टार्ट हुई तो माँ ने होंठों-ही-होंठों में कोई आयत पढ़नी शुरू कर दी। मैं अब किसी क़दर सँभल चुका था। मेरा जी चाहता था कि दुल्हन से ज़रा छेड़खानी करूँ, मगर माँ बीच में बैठी थीं और फिर कलाम-पाक पढ़ रही थीं—मेरी यह शरीर ख़्वाहिश वहीं-की-वहीं सर्द हो गई।

मुझे मालूम नहीं रास्ता कैसे और कितने अर्से में कटा। बस एकदम घर आ गया। वह बिल्डिंग जो बहुत ही पुराने ढंग की थी, जिसके ढाँचे में लकड़ी ज़्यादा और ईंटें कम इस्तेमाल हुई थीं, इसके विषय में मशहूर था कि किसी ज़माने में यह बम्बई का बड़ा आलीशान होटल हुआ करता था। इसे हिज हाईनेस सर आगा ख़ाँ ने एक दोस्त से शर्त में जीता था।

माँ दुल्हन के साथ ऊपर फ़्लैट में चली गईं। मैंने अपने दोस्तों का शुक्रिया अदा किया। इतने में मिर्ज़ा मुशर्रफ़ उस ट्रक में आ पहुँची जिसमें दुल्हन का दहेज था। खाने का मेज़, स्प्रिंगोंवाला पलंग, तिपाइयाँ, सोफ़ा सेट और सन्दूक वग़ैरा।

यह असबाब उतरवाया तो मिर्ज़ा मुशर्रफ़ का ट्रकवाले से किराये पर झगड़ा हो गया जो काफ़ी देर तक जारी रहा। मिर्ज़ा मुशर्रफ़ ने अपने मसखरेपन का जी भरकर प्रदर्शन किया। आख़िर जब यह झगड़ा निपटा और सारा सामान फ़्लैट पर पहुँच गया और अस्थायी तौर पर इधर-उधर टिका दिया गया तो मिर्ज़ा मुशर्रफ़ ने जाते हुए मेरे कान में कहा, "मन्ने, देखो हमारी नाक न कट जाए कहीं।"

मैं थककर चूर-चूर था। हलक सूखकर मकड़ी हो रहा था। इसलिए मसखरे मिर्ज़ा के इस मज़ाक़ का कोई जवाब न दे सका—दूसरे दिन मैंने महसूस किया कि मेरे अस्तित्व का एक-चौथाई हिस्सा शौहर में तब्दील हो चुका है। इस एहसास से मुझे बहुत इत्मीनान हासिल हुआ—मुझे बाहर बालकनी में एक रस्सी तनी नज़र आने लगी जिस पर पोतड़े और कलोट टँगे हुए थे।